他人だったのに。　もくじ

他人だったのに。

好きなものを好きであること。
好きな人を好きであること、好きな時を好きであること。
好きを愛おしんだり、好きを大切にしていることが、
さらに好きなものと出合える機会をつくってくれる。
こんなに簡単なことだったのか。

いまのじぶんの小ささを、
嘆いて終わりにするのでなく、
なりたい人の大きさに、どこまで近づけるのか、
ため息つきつつたのしみにするようなこと。
これを、くりかえしている人は、
断言できる、とても美しいと思う。
1ミリでも、ということが、
1ミリ近づくことなのだと思う。

遠景（こうありたいビジョン）と
中景（実現への態勢と技術）と
近景（動機と当事者意識）を
線で結ぶような見方が、
必要なんだと思っているんです。

測ったら36度とかの体温があること、
触ったらやわらかくて骨のところが硬いこと、
なにかしらの匂いをまとっていること、
あちこちが脈打っていて落ち着かないこと、
湿り気を含んだ息が吐かれていること、
濡れていたり毛が生えていたりすること、
見ている聞いている声を出している……。
そういう生きものとしての人間が、
会って、同じ時間を過ごすということを、
ぼくらは、蔑ろにしてはいけない。

雨を好きになってみる、ということは、
どうすればいいかではなくて、実は、
「雨を好きになろうとしてみる」だけで、
よいのではないだろうか。
好きになる方法をいろいろ考えるのではなく、
直接に「好きになる」ことのほうが、
容易いのではないか。

野菜が足りないのではなく、
運動ができてないのでもなく、
小説が足りてないのでもなく、
気がやすんでいなかったのではないだろうか。
なにかが足りないと思いすぎているのだ。
ほんとうは、なんにも足りてないわけじゃない。
足りてないと気にすることで、なにかを失っている。
今日もたのしかったなぁとしみじみ思うことや、
暖かいふとんに入ってふーっとため息がつけることや、
つまらない友の冗談にばかばかしいと笑うことは、
野菜や運動や小説にも増して、大事なたからものなのだ。
野菜も、運動も、小説も、勉強も、いったん忘れていい。
まずは、それなりに足りている。

だれにほめられたいかで、限界が決まる。
だれにほめられているかで、可能性が決まる。
ほめられることを忘れられるのが、なにより。

わたしには、わたしがわかっていることと、
わたしがわかってないことがあります。

わたしがわかっていることは、
わたしが見ていること、わたしが聞いていること、
わたしが触っていること、わたしが嗅いでいること、
わたしがなめたり噛んだりしていること、
などなどがあります。

そういうふうに考えてみると、
わたしは、わたしをあんまり見たり、聞いたり、
触ったり嗅いだりなめたり噛んだりしていません。
さらに、わたしはわたしと話してなかったりもする。
だから、わたしは、わたしのことをよく知らない。
知らないから、よくわからないということになります。

これほどいつもここにいるのだから、
わたしは、もっと、わたしに話しかけたほうがいい。
わたしを見てやったり、聞いてやったりもして、
わたしのことを、知ってあげたらどうだろう。
ほんとは、なにが好きなの？
どういうことがしてみたいの？
どんなふうに生きたいの？
あれについてはこれについてはどう思う？
問いかけたり答えたりをして、わたしとつきあう。
ひとりの時間は、それができる時間です。

ひとりのわたしが、つよくなれるとしたら、
そのわたしを、よく知ることからはじめる。
知らないわたしは、弱くさえないままなのだから。
それは、あなたについてもおなじことです。

「言いたい」と思う人がいるし、
「言いたい」と思わない人がいる。
こころのなかは、そんなに変わらないのだけれど、
「言いたい」人と「言わない」人に分かれる。
「言わない」人のこころに、なにかが、たまっている。
言わないまま、なにかやりだすときもあるし、
逃げ出すこともあるし、質問することもある。
「どうして？」というのは、沈黙の花が咲くこと。

犬とか猫とか、よく相手をなめるじゃない。
あれ、人間はどうしてやめちゃったのかな。
なめることを密室化しちゃったのは、
価値をあげるためだったのかな。

今日やっていることって、
今日の前にやってきたことの上に乗っかってるんだよね。

ほんとうに、今日の前になにもやってない場合には、
実りどころか、苗もないんだよね。
その前の、苗をつくるのに蒔く種さえもない。
買いに行くのか、買える場所を調べるのか、
種を手に入れるためのお金を準備するのか、
まるで空気をかきまぜるようなことを始めるのが、
ほんとうの初めてということになる。

それでも、初めての日がなかったら、
次の日もないわけだから、なんにせよ、

初めての日があるというのはすばらしいことだ。
次の日があるのは、初めての日のおかげだからね。

今日、ぼくらはなにかやっている。
それは、前の日までの積み重ねの続きをやってるんだ。
過去にやってきたことが、いまにつながってるわけで、
今日っていうのは、過去のかたまりみたいなものだ。
初めての日から、やめなかった連日の続きが、今日だ。

まだ来てない明日のことは、わからないけれど、
今日が昨日の続きだということは、よくわかる。
いつでも、始めるのに遅くない。始めないよりは、ましだ。

たくさんの人がする、いろんな質問を、
どんなものでもぜんぶ大きな箱に放り込んで、
がらがらがらとかき混ぜて、
「ざっと、どういうことを答えたらいいでしょう？」
というふうに、ものすごく大ざっぱにまとめるならば？

それは「好奇心」と「勇気」です。

という答えになるのではないか。

数字を目印にし過ぎなんじゃないか、と思うのだ。
富士山を見たときに、標高3776メートルって思うか？
「おおお！」でいいんだよ、数字なんか知らなくても。

ものごとに困ったときに、
「明けぬ夜はない」という比喩は、
論理的な解決方法を指し示してくれるわけではない。
しかし、問題解決への意志をキープさせてくれるし、
同時に「時間」の要素が要るということを示唆してくれる。
困っている問題を直接解決しようとするよりも、
天体が演出する昼と夜の比喩は、有効だったりするのだ。
世界はただあるわけじゃない。
人のこころが世界を見てる。

ありがとうは、乱反射する。

素直でいられるということは、とてもありがたいことだ。
素直でいたら、ばかにされるのではないか、とか、
素直にふるまっていると人を傷つけるのではないかとか、
自らの素直に服を着せるようなことは、よくある。
しかし、親しい人どうしの関係で、
素直でいられる場面が自然に続いていたら、
それは、じぶんにとっても、周囲にとってもなによりだ。

人には、わりに自然に身につけている「役割演技」だとか
「役割思考」というようなものがあって、
それをうまく使いこなすと、社会がうまいこと回る。
だけれど、役割を演じているときというのは、
どうしても素直のままでいられない。
役と役とが、やりとりをしているのだから、

そこでは、じぶんの気持ちは奥に引っ込んでいてもらう。
そのほうが、たがいの役割が、うまく機能するからだ。
だけど、それでうまく行くことと、行かないことがある。
うまく行くのは、「目標に近づきやすくなる」こと。
そして、うまく行かないのは……
素直になれなくてうまく行かないことは……
なんだと思う？
それはね、「おもしろくない」ことなんだと思うよ。

「こころ」と、「やってること」が一致すると、
「おもしろい」んだよ、そして、その「おもしろい」は、
それを見ている人や、その成果物に触れる人たちにも、
どういうわけか、伝染するんだよ。
ただ、素直だけだと疲れちゃうということも知っておこう。

なにかすばらしいことをやった人がいるとき、
近くにいる人がなにを協力したかということを考えると、
「じゃまをしなかった」という手伝い方が
最も多いのではないだろうか。
すごいことなんだよ、「じゃまをしなかった」って。

お酒を飲む人たちが、「飲もうや」と集まるのも、
飲もうが飲むまいが「会おうか」と連絡とりあうのも、
学校や会社に「もうちょっといよう」と居残るのも、
電話しているのも、メールしているのも、
「ほんとうにしたいこと」は、ひとつなんじゃないか。

おしゃべりがしたい、ということ。

だれもがサルから進化した人間だと思わないほうがいい。
カバから進化した人だとか、
ニワトリから進化した人だとか、
リスなどの齧歯類から進化した人だとか、
イグアナから進化した人だとか、
おにぎりから進化した人だとか、多様なのである。
あ、ぼくですか？　ぼくはこのごろ、
おばあさんから進化した人間なんじゃないかと思っています。

日蝕とか、夕焼けとか、虹とかは、
みんなで見るのも「仕事のうち」くらいに考えていいと思う。

そうそう、1月3日に見た
大きな虹をおすそわけしておきましょう。

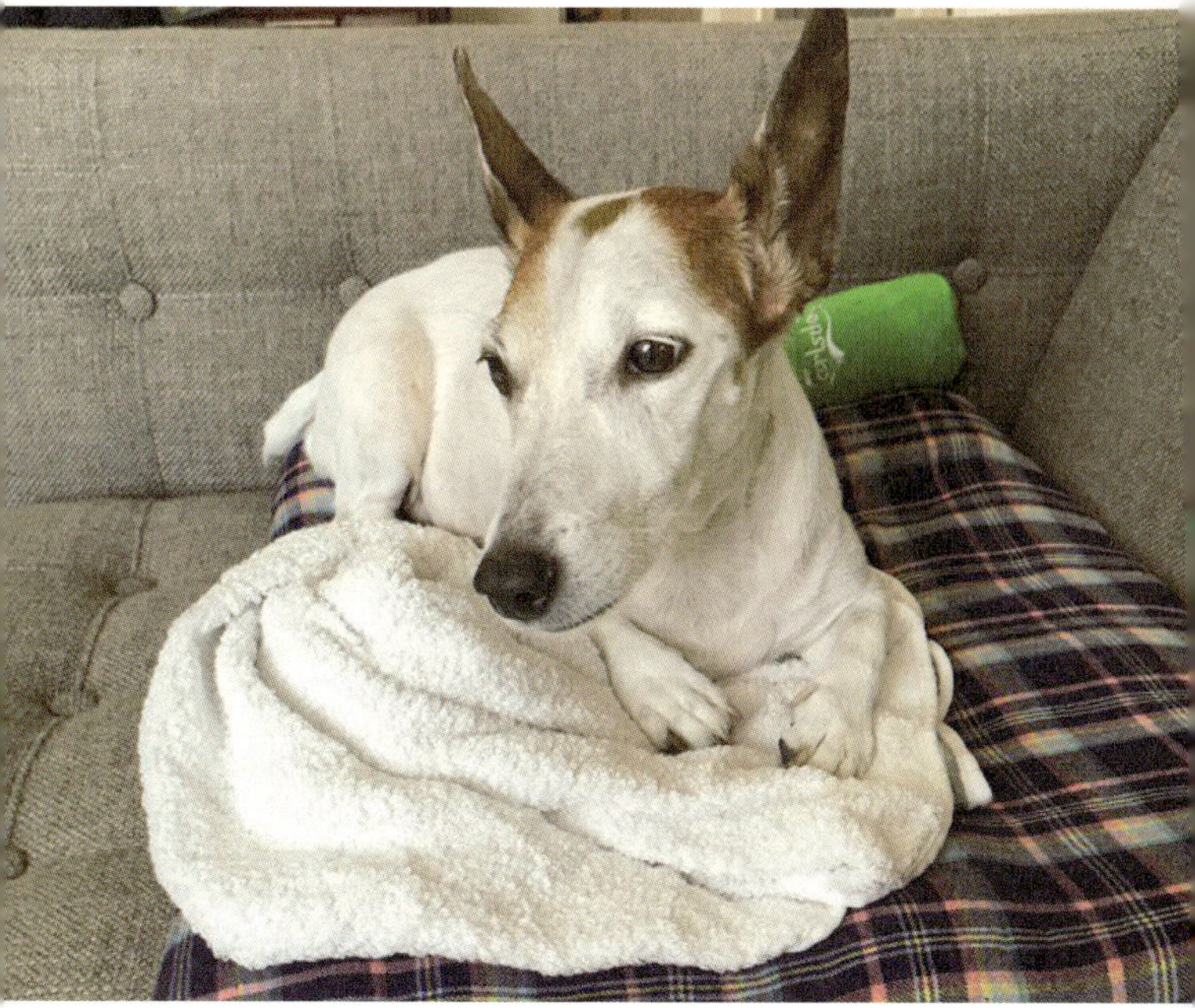

今日までが13歳です。
ごはんを食べて、
ちょっとおやちをもらうまでが散歩です。

「じぶんは、たいした人間じゃない」ということと、
「おれはおれで、すばらしい人間だ」ということは、
まったく矛盾することではない。
もっといえば、「たいした人間じゃない」ほど、
「すばらしい人間」なのだともいえる。

うれしさは、髪を切る、お湯につかる、清潔な布団で寝る。

じぶんの頭で考える人になるためには、
じぶんの頭で考える回数を増やすことだと思う。
大きい問題を、小さい問題の組み合わせとして見る。
そして、小さい問題の答えを、日々出していく。
正解か不正解かにとらわれないようにして、
一日ずつ、じぶんで考えて、なんとか結論を出す。
結論を「出してみる」ではなく「出す」。
毎日、今日できることを、
じぶんなりに考えて、じぶんなりに判断する。
その回数が積み重なって、
じぶんで考える人になる。

「将来なにになりたい?」の答えは、

職業名なんかじゃなくていいんだよな。

どういう人間でありたいか、どういうふうに生きたいか。

そっちのほうを、しっかり考えろということだよね。

石拾いやら切り株の掘り出しは、
ほんとうは、未来につながっている。
荒れ地は、やがて、輝く緑に変わるはずだ。
牛や馬が草を食む景色が、こころに描けるだろうか。
あるいは、稲やら麦やらが風にそよいでいるようすやら、
りんごだのオレンジだのがたわわに実っている景色。
果汁を飛ばしながらりんごを噛っている人の笑顔。
晴れがましい収穫の日々を、想像できるだろうか。
……そのことが、とても大事だし、実にむつかしい。

ぼくらが、荒れ地でもなんでもない都会のどこかで、
いま、毎日のようにやっている仕事も、

石拾いや切り株の掘り出しのようなことが多い。
遠くの井戸から水を運ぶようなこと、
助けを求めて村から村に声をかけて歩くようなことだ。
つらいばかりのこと、と思われていることも多い。
ただ、この先に、朝日に輝くりんごが見えたら、
「なんだ、これはうまい」という声が聞こえたら、
ぼくらの動きは、きっとちがっているはずだ。

「なにしてるんですか?」と、荒野で訊ねられたときに、
石を拾いながら「りんごをつくってるんです」と答える。
そうなんだよなぁ、りんごが見えてるか否かなのだ。

人は、目玉だけじゃなく、からだ全体でものを見てるのに、そこで感じたものを表す言葉がほとんどないんですよね。しょうがないから「なんかいい」と言うんだと思います。

この人は生き生きしてるなぁ、と思える人と、
まぁ、そうでもない人がいます。
どこがちがうのか、生き生きしている人をよく見てると、
ははぁと思い当たることがあります。

「じぶんを、よく使う」んです。

「空いてるじぶん」を働かせる、という感じかな。
目の前に「じぶんができそうなこと」があると、
ひょいっとそれをはじめちゃうんですよね。
得か損かだとかも、あんまり考えてないことが多い。
やってほしい人がいて、「じぶんができそうなこと」なら
考えはじめちゃう、やりはじめちゃう、連絡しちゃう、
スタッフを呼んじゃう、という具合に、
すぐに一歩進めちゃうんですよね。

ミーティングに「雑談」が混じることで、
予想とは別の関係が見つかって豊かな解決につながる。
なんてことが、言われているようです。
ぼくが、そういうこと以上に大事だと思っているのは、
「雑談は正直だ」ということなんですよね。
話す「べき」テーマでもないのに、ついつい話す内容は、
「ほんとに思っていることばかり」なんです。
じぶんの思いや考えを、じぶんの口から、
じぶんのことばで発していて、損も得もなく、
しゃべっていることそのものがたのしい、これが雑談。
話す主体が「正直なじぶん」であるような流れで、
ミーティングが進むのが、なによりだと思うのです。
「じぶんらしくある」というと難しそうに聞こえますが、
雑談をしているときのあなたは、じぶんらしいですよ。

お菓子の最初の一口のような、
ビールの一口めのような、
最初の打ち合わせはいちばん自由で楽しいです。

すべての表現は、悪夢なのである。
悪夢といっても、悪のほうに意味を持たせる必要はない。
夢だけだと、なにかいいことのように思われそうだから、
悪夢と思うことにしたのだ。

セザンヌを見ても、ピカソを見ても、写楽を見ても、
それが作者の悪夢なのだと思ってみる。
どう解釈するのですか、というようなことは要らない。
その悪夢につきあっていればいいだけだ。

シェイクスピアでも、ドストエフスキーでも、
ガルシア・マルケスでもハルキ・ムラカミでも、
文字になって表れてくる悪夢だと思って、
それをいっしょに見ているようにする。
音楽にしたって、クラシックも、ロックも、ジャズも、
耳で聴く悪夢なのだと思ってついていく。

短い詩だって、悪夢だ。
「万有引力とは　ひき合う孤独の力である」
谷川俊太郎の『二十億光年の孤独』の一行を、
そういう悪夢だと思ってつきあってみようか。
漂い、そして集まる文字とことば。
そういう夢を詩人が見ている、わたしはそこにいる。

たのしい悪夢、うれしい悪夢、おそろしい悪夢、
勇気のわいてくる悪夢、うっとりする悪夢、
色っぽい悪夢、笑っちゃう悪夢……。

本のなかや、映画館のなかにばかりあるわけじゃない。
悪夢は、探せば、どこにでもある。
あなた自身のなかに、こんこんと湧いている。
悪夢はでたらめで、わけわからなくて、常識の前を走る。

ひとつ、気をつけていることがある。
「語尾をはっきり言う」ということである。
「よくわからない」と言うにも、
「わからない」の部分で音量を下げないようにする。
「Aさんの意見ももっともだし、Bさんも捨てがたい」
なんていうたよりない発言をするときにも、
とにかく、最後まで聞こえるように話す。
「語尾をはっきり」というのは、
じぶんの責任をはっきりさせるということだ。

おもしろいということは、
「すこしめずらしい」ということと、
「共感する」ということの、
いっしょになったものじゃないでしょうか。
めずらしすぎると、おもしろいにならず驚きになってしまう。
共感できないものだと、おもしろいは味わえない。

じぶんとはちがうもの。
それが、近くにいるというのは、とてもいいことだ。
夫婦というものも、いくら仲がよくても、
近くにいる別々の人間だ。
こういうときに、こんなふうに考えるのか？
と、驚くようなことはいくらでもある。
そして、片方がちがうと思っているときには、
相手のほうもちがうと思っているのだ。
犬やら猫やらが家にいるというのも、おもしろい。

ぼくは怖いと言われやすい人に、ちょっとやさしい。
やさしいというのとはちがうか、
なるべく、怖い人を特別扱いしないようにしている。
過剰になれなれしくするとかではなくて、
ただ単に、ふつうにしているというだけなんだけどね。
だいたい、怖いと言われてる人は、怖くないものだ。

バカが必要なときなんてあるのか、
と思うかもしれないが、
それはある、絶対にあるよ。
「ここで、ひとつ、いいバカがほしいね」
というようなことは、あるのだ、ほんとに。
そういうときに、なまじの「リコウ」なんかがいても、
なんの役にも立ちゃしない。

ほんとうは、美術でも、音楽でも、
その表現が、どういう歴史の流れのなかで生まれたか、
どんなところにいままでない新しさがあるのか、
なんて知識をもっていたほうが、鑑賞のしがいがある。
それは、たしかにそうなのだけれど、
恋人の微笑みが、人のこころを溶かしてしまうように、
ただ、その場に居合わせただけで感じられる
魔法にかかったような「ときめき」というやつもある。

新しい環境にある人は、戸惑ったりしやすい。
新しい場所でなにをしていいのか、
なにをするべきなのか。
そうそうわかるものじゃない。あれれれ、である。

それでいいのだと思う。そんなもんだと思う。
急いでどうにかしようとしなくてもいい。
うまくても、へたでも、「そこに一所懸命にいる」。
いることだけが大事だと思っていい。

「いる」って、どういうことか？

あえて助言をするならば、「いる」というのはね、
「耳でよく聞いていること」と、
「目でよく見ていること」そして
「足でよく歩いていること」だよ。
それをちゃんとやっていることが「いる」ということ。

あとは、小さくてもたのしいことを、
ひとつでもふたつでも見つけられたらいいんじゃない。
近所に、おいしいパン屋さんがあったとか、
通い道ですれちがうかわいい人がいたとか、
それくらいのことを、見つけただけで大当たりだ。

「殺し屋」というものが、うまく仕事をできるのは、
当事者でなくて、「代理人」だからである。
なにかの問題の当事者だとうまくできないことも、
「代理人」を間に入れて距離をとると、
うまくいくことがとても多くある。
問題を解決しやすくするためには、
当事者が持っている「感情」がじゃまなのだ。
それは、極端な例を出したけれど、
「殺人」みたいなものでさえ、そうだし、
弁護士も、引っ越しも、医者も、教師も、
ほとんどは当事者の「代理」で仕事をしている。

イラスト＝和田ラヂヲ

東京にはなんでもありそうで、
たしかに、なんでもあるような気がする。
でも、なにもないようにも思える。
ただ、そこに、ぼくも、友だちも住んでいる。

東京に、なにがあって、なにがない。
どこに行きたい、どこにいたい。
どんな人がいて、どんなことをしている。

世界をリードしているんじゃないかという感覚より、
もっとおもしろくて、やさしさのあるゲームが、
これからはできるんじゃないだろうかとも思っている。

ものごとには、「少しだけ賛成」ということがある。

「愛というものを、どうぶつのかたちにしてみよう。
こんなんかな、これはどうかな、こういうのもいいな……
いっぱいできちゃったなぁ、
これをまとめて犬と名付けよう」

おことばを返すようですが、
ねこは、だれにもつくられてないような気もする。

ブイヨンの
「ドコノコみてみてカード（名刺的なもの）」を、
2種類つくりました。

青山ビリケンギャラリーでやってる
「猫ラボ」さんの展覧会。
かーわいーじょーー。

親になった人が、じぶんのこどもになにを望むか？　そんなにあれこれ望むこともないなぁと、ぼくの場合は、わりに早めに気づいてしまいました。それでも、なにかしらを期待しているにちがいない。なんだろう、ほんとに遠慮がちにでも望むことって。▼そう考えていると、「やさしいこ」なんて思いつきます。そして、それもぜいたくな望みかなぁと考え直し、「あかるいこ」とか思ってみるのだけれど、じぶんのこどもが「あかるくないこ」でも、それはそれで、本人がよければかまわないことです。そうなると「げんきなこ」というあたりに、まずは期待を寄せてしまいそうでした。でも、「からだが弱い」ということだってありえます。「元気がだせない」としても、それもオッケーでしょう。▼「わるいことをしないこ」とかもあるかもしれない。つまり、まぁ、犯罪とかに走るのは、困ることは困る。でも、はからずも悪事をすることだってあるでしょう。それは、そのこに特有の個性というよりは、人間というのは、だれだってそういうもの、「わるいことをする」かもしれないものですからね。▼そうやって考えていくと、「どうでもいい」になります。ほんとうに「どうでもいい」とは思ってないのにね。なにか望むこともあるような気がしていたのです。▼やがて、ぼくが、じぶんのこどもに望むことは、「死んじゃわないでくれ」だとわかったのでした。だけど、人間はだれだって死ぬわけだから……そうだ、親のぼくよりも先に死ぬのはよしなさい、としよう。これくらいなら、こどもに望んでもいいのではないか。いいよ、それ以外は、「どうでもいい」からさ。「親より先に死んではいかん」、これだけ言っておこう。▼そして、ぼくは『ひとつやくそく』という歌をつくって、ときどき、そのことを思い出したりしています。

一冊の本を、はじめから最後まで読み通して、これだったら、「はじめに」の部分と第1章を読むだけでよかったんじゃないかと、思ったことはありませんか。ぼくはあります。特に新書なんかの場合は多いです。だからといって、「はじめに」と「第1章」だけでは、本という商品にならないのでしょうね。つまり、書籍という商品の場合、ある厚さがないと、人はお金を出してくれない。▼映画でも、15分くらいの長さでおもしろいという作品は、きっとつくれると思うのですが、やっぱりいまの時代だと90分以上ないと、商品として認めてもらえないでしょうね。15分の映画だったら、入場料３００円だな、とかね。▼逆に、ネット上の表現なんかだと、どんどんどんどん短いものが要求されてきている。昔だったら４００字詰め原稿用紙がひとつの単位だったし、もっと簡便なもので２００字詰めだった。しかし、いまおそらく４００字は「長文注意」とか、妙なことを言われてしまいそうである。おそらくこの調子だと、20文字以内であらゆることを語る「べき」だと言う人も出てきそうだ。一方で、上下巻の長編小説はベストセラーになってるが、「長過ぎる」と文句を言う人は見たことがない。▼時間にせよ、モノにせよ、量は「表現」である。とにかく「量感」があればいいという商品だってある。逆に、軽い小さいだけで勝負している商品だってある。それぞれの「表現」が、質とは別に、どんな「量」で受け容れられるのかを、送り手のほうは、真剣に考えなくてはならないだろう。▼指圧とかマッサージなんかも、気持ちよくて効くのなら、10分で同じ料金を払ってもかまわないとも思うけれど、現実のぼくは、うたた寝できるくらいの長い時間を、「あああ、もっともっと」と望んで横になっている。

酒をのむ人はいいな、と思う。「酒をのむ」というだけで、それが目的になるのだ。そこにおいしい料理があったら、さらによかったりする。たのしいおしゃべりがあったら、これもいいだろう。好みの映画があったら、それもいいのだろう。そして、なにもなくても、「酒をのむ」がある。そんなにうらやましいことがあるだろうか。▼「のもうか」と言ったやつ、「のもう」と言われたやつ。どちらも、うれしそうだ。「ずいぶんのんだなぁ」と、反省するように言う人、「ずいぶんのんだなぁ」と、よろこんでいる人、どちらも、やっぱりたのしかったようなのだ。▼「のもうか」と、水をのもうと誘わない。「のもうか」と、コーヒーをのむのもあるけれど、それは「いっしょにすごそうか」ということだ。「酒をのもうか」とは、ぜんぜんちがうんだと思う。▼ひとりで「のむ」というのも、あるんだろう。酒のかわりに、それを実験してみたよ。ひとりで水をのんで、じわりとしてみた。水に罪はないけれど、こんなになんでもない時間はない。▼人が酒を語るのは、なんだかおもしろい。実は、ぼくはカラオケで吉幾三の「酒よ」を歌う。中畑清さんが歌うのを聴いて、いいなぁと思いおぼえた。酒がなにかものを言うはずはないのだけれど、さかんに酒に語りかけるという歌だ。つまりは、「ひとり」ということを語ってる歌だ。▼酒をのむ人に幸いあれと、ぼくは思う。なんかいい時間を、たくさん持っていていいな。とか言いながら、ぼくは酒をのみたいと思ってない。なんだか冷たいなぁ、おれ。ずっと「しらふ」でいる人生は、不自由である。それは、そのとおりだし、ぼくもよく思うことだ。でも、ここまで「しらふ」でやってくると、「しらふ」の時間にこそ酔いを混ぜたりするようになる。のんでないのに、酔っている「しらふ」もあるのだ。▼こうして、たまに酒のこととか言いたくなるのは、なぜ?

こどものいるおかあさんは、じぶんの家のこどもが、どういうふうにアホか、であるとか、どんなマヌケなことを言ったかであるとか、どんなふうに言うことをきかないかだとかについて、けっこうたくさんしゃべってくれる。▼ときによれば、こどものほうも、じぶんのところの親が、どんなわるいクセがあるかとか、しょうもないことをやっているとか、だれにということもなく、チクったりしている。▼もちろん似たようなことは、夫婦の間でもあって、じぶんとちがって妻は、このような悪癖があるとか、夫がどれほどロクデモナイ人間であるかなどについて、親しい友人などに具体的に語っていたりすることも多い。▼学生や生徒という立場の人たちが、先生のしょうもない発言や行いについて、あれこれと論評しながら笑いあったりしていることも、逆に先生が、特別な生徒についてあのバカがなどと、他の先生に訴えたりしていることもあるだろう。▼いわば、すべて、悪口である。しかし、どれも、かなりの割合で、愛情表現でもある。悪口を言ってる当人は、それを言われている人のことを、よく観察したり、親しく関わったりしているのである。気にかけたり、じっと見たり、違和感を感じたり、と、相手との関係を「しょうがない」と言える程度の距離で、ずっと保っているのである。そんなに、嫌いな人のことをよく見ていたりはしない。わたしたちは、あんがい人を好きで、よく見ている。気にかけたり、眉をひそめたりしながら、その人のアホなところを娯楽にして暮らしている。

毎年、夏になると、同じように思う。この世は、生きているものだけのものでなく、生きているものと、死んだものが、いっしょにまじって暮らしている世界なのだと。▼ぼくの幼いころには、学校の校門のあたりに、いろんな怪しげなものを売るおじさんが来ていた。ちょっとした手品の道具だとか、おもちゃ屋でも駄菓子屋でも売ってないようなものすごくちゃちなおもちゃだとかを扱っていた。そういうもののなかに、「型」というものがあった。いろんなサイズの焼き物の型が並べてあって、粘土をぎゅっぎゅっと詰めて逆さにすると、武者人形やら、ゴジラやら、野球の選手、相撲の力士、ピストルなどという当時のこどもの欲しがりそうなものがレリーフ状になって、ぽろっと現れるのだ。原理は説明するまでもないだろうが、凹凸を逆にした型に、粘土を詰めてひっくり返すだけだ。高学年のガキ大将は、この粘土用の型に、熱してどろどろに融けた鉛なんかを流し込み、重々しい鉛製の川上哲治なんかを完成させていた。▼生きているということは、型のなかに粘土が詰まっている状態だと、ぼくは思った。▼じぶんが、ここにいる、ぼくの存在の分だけ、そこにあるはずの空気をどかしている。ぼくは、つまり、ぼくの存在と同じ凹型と共にあるのだ。なんていうか、世界は、ぼくとぼく以外のすべてでできている。そして、仮にぼくが死んだとしたら、そこにぼくのかたちをした凹の型が残る。型が残っているかぎりは、ぼくはそこに在る。よく言うだろう、人は死ぬ、そして、人びとから忘れられたときに、もう一度死ぬと。凹型がなくなってしまったとき、あったはずの凸が消えてしまう。つまりさ、人がひとりでも、亡くなった人を思い出せるならば、その人は生きている。▼夏は、人びとが死んだ彼や彼女を思いだすから、生きている人と死んだ人が生きていて、世界が混雑する。

また、
天気をちょうどよく
してしまった。

5月はひと月、ぼくは休みをとることにしていた。
ずいぶん前から決めていたことで、
ぼくが、会社にあたりまえにいるという環境を、
変えようということがひとつ。
そして、ぼく自身、ひとりであれこれに対面する時間を、
ずっと持ってなかったので、それをしようということ。
19年近く、ずっと「ほぼ日」に
閉じこもっていたような気がするので、
ぶらぶらと外に出かけてみようというわけだ。

すでに、半月分の予定は決まってしまった。
ゴールデンウィークは、いつものように京都にいるし、
そこではひとりじゃなくて、家族がいっしょである。
東京に戻ってから、会社にくる日も、すでに決まってる。
「そのミーティング、おれも入れてくれ」と、
じぶんから頼んで参加させてもらうことにしたからだ。

会社の来し方行く末について、合宿で話しあう日もある。親しい料理屋さんに、ひとりで行く予定も決まっている。それでも、そうとうにぶらぶらである。想像すると、すでにちょっとさみしいというか、しんみりしてしまうようなここ数日であった。

そのしんみりを身につけ直すために、休むのである。浜辺のにぎわいのなかで笑いあっている時間よりも、水平線の向こうに行くつもりで浮かんでいよう。そんな孤独を、ぜいたくに味わう予定の5月なのである。しっかりと退屈したり、さみしく腹を減らしたり、大尽のように温泉につかったり、うたた寝をしたり、とぼとぼと迷い道を歩いたり、疲れたら帰宅したり。そんなふうな、わがまま放題の旅の日を過ごすのだ。ひょいと、あなたと道ですれちがうかもしれない。締切りのある仕事を、どこかの駅でしてるかもしれない。

Number

左よし
右よし

しらかぜ
にご注意
めぐりコース
別府・大分から宮崎行き
高速バス増便！
パシフィックライナー

「俺、集合！」「おう！」
俺会議の結果、起きてからどこへ行くか、
いま決まった。

揺れている。風で光が揺れている。
遅い朝食のあとのコーヒーを。

大発見！
早起きして朝食など食べると…………
もう、眠い。

人のいないホームで、
わたしを運ぶものが来るのを待つ。

今日は15,209歩歩いたんだ。

ひとりでいる俺は寡黙だぜ。

蝶々でも眺めますか。

さて、こんどは温泉で寡黙するかな。
俺以外、夫婦と、女同士ばかりだから、
空いてるんじゃないかな。

ひとりでいるときの俺の寡黙を
思う存分に味わい尽くしてくれ。
遠慮なくな。

仏像を堪能している。
仏像は、あったほうがいいねー。
仏像が世の中からなくなったら、
仏像のない世の中になっちゃうからね。

どう言ったらいいんだろう、いまのぼくは、
なんか些細なことでもいいから、
じぶんの明日を変えてくれそうなものか、
とても疲れを癒してくれるものかの、
どちらかを求めているように思うのだ。

アフリカに行かなかった。
むろん地球を飛び出すこともなかったし、
とにかく特別変わったことはなんにもしなかった。
こんなに、あえて宣言して休みをつくったつもりなのに、
行ったことのある場所に出かけて行って、
知っている人に会っていつものようなことをして、
ひとりで行くとしても、公園、美術館みたいな場所で、
あとは、本を読んだり、なにか考えごとをしたり、
目に入る景色や、あたりのなにやらを見ていただけだ。

ぼくは、こういうことがしたかったのだろうか。
たぶん、そうなんだと思う。
こんなことで、けっこううれしいのだし、
できることなら、そんなことばかりしていたい。
ぼくの頭のなかには、アフリカやら宇宙やらはなくて、
なじみのご近所みたいなものさえあれば、
それなりにたのしく生きていけるのかもしれない。
狭いなぁ、と、しみじみ思う。
家やら部屋から出ないのは引きこもりと言われるが、
ぼくはぼくで、広くもないじぶんの世界で、
じっといつまでも過ごしていられる人間らしい。

世の中には「詩のことば」と「社会のことば」がある。
世界から、どんどん減っているのは「詩のことば」だ。
すべてが「社会のことば」であっても、世界は成立する。
だけれど「詩のことば」がなくなっていくと、
それは、ただ「世界」ではあるのだろうけれど、
「人間の世界」じゃなくなるようにも思う。
それはいやだな、人間だものな。

ぼくはなるべく「ぼくの身体」のある文が書いていたい。

年の離れた若い人と話すときというのは、
会話のひっかかりがつかみにくいんでしょうね。
だから、その分だけ、相手のなかに
若いときのじぶんを投影するのだと思います。
それで、なんとかそのじぶんに「伝えたい」と、
真剣になって語りかけちゃうんですよね。

「つまらんこと」に注意が向いてしまうというのは、
からだかこころが弱っているということなんじゃないかな。
靴のなかに小石が入っていても、
いま歩いていくところにたのしいことが待っていたら、
気になりながらもそのまま歩いたりするもんな。

「はずれくじは、ない」ということ。
たしかに希望したい「当たり」はあるんです。
だけど、その「当たり」以外が、
「はずれ」というわけでもないんだなぁ。
もっとくどくどと言えば、「当たり」だって怪しい。
「当たり」を引いたおかげで、道を失うことだってある。
わからなくても憶えておこう、「はずれくじは、ない」と。

「こういうふうになったらいいぞ」というイメージが、
映画のポスターのように描けること。
それが「夢」なんじゃないかと思うのです。
「夢」は、「あ、これか！」と思うようなものです。
見つけただけで、勇気になるようなものだと思います。

目的とは、つまり、
「どうなったらいちばんうれしいのか？」である。
「未来に命令される」ものではなく、
「会いに行きたい未来」なのである。

泣くはでっかい深呼吸さ。

旅も、新学期も、新婚も、引っ越しも、
組織替えも、新しい勉強をすることも、
好きな人ができておつきあいがはじまったことも、
みんなそれぞれストレスだらけなのだと思っていい。
あたまも、からだも、こころも、まるごとが、
微妙に「やったことないこと（事件や事故みたいな）」に、
挑戦することになるから、とても疲れる。
疲れるけれどたのしいだとか、しょうがないだとか、
ストレスを忘れて取り組んでいくと、
やがては、それができるじぶんになっていく。

あらゆるストレスが嫌だから、と、
そこから逃げてばかりいたら、おそらくふにゃふにゃの、

退屈だけと向き合ってるような人間になりそうだ。

つまり、「なんとかできそうなストレス」

というものを、栄養のように摂取することが大事になる。

かんたんに言えば、ストレスのうちの、

「なんとかできそうなもの」を獲りに行くのだ。

サウナだっていいし、勝ち負けのあるゲームでもいい。

きっとやり遂げられると思える難問に取り組むのも、

まさしく旅に出るのもとてもよさそうだ。

たぶん、家庭を持つこともそういう経験なのだろうね。

そしてストレスのない状態を、知っておくことも大事だね。

トンボもそうだし、カエルやセミもそうなんだけど、
人の目に触れるところで飛んだり鳴いたりしてるのは、
みんな大人なんだよなと思ったんです。
たとえば、トンボはもともと水の中にいるヤゴです。
世の中にデビューするのって、生きものたちは、みな、
なんとか大人になってからなんだなぁ。
たぶん、ヒトという生きものにも、
かなり長い幼虫時代があって、その期間は、まだ、
生きる本番を迎えるには厳しすぎるんじゃないかな。
若くして名をなすなんて、きっと、奇跡なんですよね。
青春って、幼虫が無理をしながら生きている期間のこと。

「恐竜」というものが、たしかにいたと、
いまのぼくらは当然のように知っているけれど、
そんなものがいたと知ることになったのは、
せいぜい19世紀になってからのことらしい。
だから、仮に織田信長だの
レオナルド・ダ・ビンチだのの前に
「恐竜の全身化石」なんてものが現れたとしても、
なにを考えていいのか、まずは、わからなかったはずだ。

わたしはもともと働き者ではない。
家にいて、「今日もなんにもしなかったなぁ」
なんて日が続いても、平気である。
そのへんの実態について、家族はよくよく知っているが、
世にはあまり知られていないようである。
思えば、わたしが人に会うのは、
目を覚まして起きているときがほとんどだからであろう。
また、書いたものや、考えたことを人前に出すのも、
ごろごろして寝てばかりいるとできないわけだ。
ここで、わたしは、はっと気づくのである。

人間とは、
目を覚まして起きているときの
人間のことを言う。

知っていたか、知的にして賢明な諸君よ。
わたしは、この駄文を書き始めてはじめて知った。

満場のナマケモノ諸君よ、聞け。
得意でないことは、毎日やるのが続けられるコツだぞ。
なにせ、「毎日やってるっていうだけで感心じゃない?」
とか、「継続が力ですよ」とか、「努力家だ!」とかね、
他人が言ってくれるばかりでなく、
じぶん自身でさえも、「ま、毎日やってるんだしね」と、
半分くらいは得意げに、いけしゃーしゃーとしてられる。
「皆勤賞」は、むつかしそうにも思えるけれど、
いちばん怠けられる賞なのかもしれないぞ。

こころってものがあるからね、ぬいぐるみには。
こころは、関係のなかに生じるのだと思います。

最近、ぼくはこんなことをよく言っている。
「アイディアというのは、
『ここに大仏を建てよう』ってことなんだよ」と。

その時代に、世にさまざまな災難が押し寄せ、
人びとが絶望しかけていたところで、
大仏建立を考えた人がいた。
盧遮那仏に一切万物を救ってもらおうというテーマで。
災難のひとつひとつを解決しようということからは
離れた考えにも見えるが、すべての力を集めて、

イラスト＝南伸坊

巨大な仏像をつくろうという企画は、ほんとうにすごい。
このアイディアは、どれだけの人びとの魂を掬って、
その数だけの人びとを救ってきたことか。
焼けても壊されても再建修理され続けて、
神も仏もいるものかと笑う中学生の魂までも、
ふわぁっと掬い取っている、いまの時代もね。
聖と俗を巨大化させた「奈良の大仏」というものに、
ぼくは、憧れのようなものを感じている。

「粋で鯔背」というところを
「倅で猫背（せがれでねこぜ）」と読んじゃぁいけねぇよ。

『あなたの』の枕詞は、『おおブレネリ』である。

「ボインとカードは、お持ちですか？」
「いや、男なんで……」

海獺や栗鼠や獺は猥褻な齧歯類の疑念が有るが、
蝙蝠の方が怪しい。

駕籠に乗る人担ぐ人、
そのまた草鞋をつくる人。
そいつをマンガにする人と、
それを読んでツイートしてる人と、
それをいいねとかしてる人。

寝ナイト。

「考えかけ」のアイディアの素みたいなものは、
忘れないでずっとそのままそこらへんに置いておくと、
なにかのときに思い出すことになって、
他の考えやらとくっついたり組み合わさったりして、
ほんとのアイディアとして羽ばたきだすことがある。
だから、と強気に言うもの申しわけないが、
ぼくは、「考えかけ」をあんまり片づけないでいる。
借り物の「考え」より、自前の「考えかけ」が大事だぜ。
とくに、こどもの時代からの「考えかけ」は、宝の山だぞ。

失敗は、ありえないことではないけれど、
あったときに驚いて頭のなかがまっ白にならないこと。
これだけは気をつけておく必要があるのだ。

実力×真剣があれば、たいていのことはうまくいく。

実力があって、真剣であるなら、なんでもできそうだが、どっちもあるという状態が、どれほど続けられるか。

これが、実はむつかしいのだ。

実力のほうは、それを身につけるのが大変だし、真剣のほうについては、真剣を続けることが困難なのだ。

実力のある人たちが、なんとなくうまくいかないときは、たいてい、真剣のところにいられないことがあると思う。

アイディアは、説明とはちがうよ。
アイディアって、はじめから「おっ」となるものだよ。
長々しい企画書に、たいてい、アイディアはないよ。
【奈良に大仏をつくる!】これがアイディアだよ。
「人の記憶に残るべき部分」がすでにあるんだよ。
あとは、こいつを磨いていく粘りがあれば完成だ。

鉄道も、道路も、飛行機も、インターネットも、
「いずれこうなりたい」と語ると冗談みたいに聞こえる。
なまじ頭のいい人ばかりが集まっていたら、
「やめたほうがいい」と結論づけてしまうだろう。
ただ、「なまじじゃなく頭のいい人」だとか、
「ちょうどよくばかな人」だとかがいて、
「できるはずだし、やるです」と言えたのだろうなぁ。
その根拠をどこに置いたのかは、ぼくにはわからない。
ただ、いろんな例を見ていると、
たったひとつの、「なぜできたか」の理由が見えてくる。
「人びとが望んでいたから」だと思う。

とにかく、いつでも
「ああしてやろうか、こうしてやろうか」
と考えているようなことじゃないと、
うまくなんかいかないよね。

どんなことをして、どううまくいったか以上に、
どんなことをして、どう失敗したかのなかに、
その個人やチームの個性が表れるものだ。
失敗することや、失敗とまで言えなくても
うまくいかないことは、少しもわるいことではない。
それを、どういうふうに見つめたり、学んだりするのか。
そこに、そのチームの「ぽてんしゃる」がある。

いわゆる「まとめるのがうまい人」だけでは、「おもしろい」という価値は生み出しにくい。「まとめる仕事」の受注がメインの仕事になれば、食っていくには都合がいいんだけどね。

なにかを企画するとき、

「最高にうまくいったらどんな感じになるの？」

ということがちゃんとイメージできているか。

これは、なにより大事なことだ。

困難な山登りにたとえるなら、
山頂でにっこり笑っている場面だけでなく、
のちのちその写真を見ている家族の表情だとか、
それまでの苦労を酒を飲みながら話しあってる状況とか、
成功したあとの「うれしいイメージ」があるか、ないか。
実際には、ただただ目の前の課題を解決していって、
尺取り虫のように前に進むという姿になるかもしれない。

しかし、その地味な作業を続けていったら、その先にどういう景色が見えてくるのかが見えてなきゃいけない。


「最高にうまくいったときのイメージ」がまだ浮かんでないというときには、その企画は、進めてはいけないのだとも思う。

最低でも、そのことに関わった人たちの笑顔くらいは、盛大にイメージできていなくてはいけない。

苦虫を噛みつぶしたような会議で、消去法で出した結論で「これは決定です」というようなプランでは、まだ始めてはいけないのだと、ぼくには思える。

始める前に拍手の音が聞えている状態が、いいスタートだ。

ネットのなかの「なにかいいもの」は、
たいてい、すでに「多少の人だかり」があるのである。
その人だかりは、すでによろこんでいる「みんな」だ。
30人でも50人でも、1万人でもいい。
その人だかりの中心が「なにかいいもの」なのかどうか、
それを見極められたら、それだけでいいのだ。
ぼくが、「なにかいいもの」を紹介したときに、よく、
「どういうところで見つけるんですか?」と聞かれる。
その答えは、「ふつうにネットで」なのだけれど、
正確には「ネットの人だかり」のしてるところで、だ。

インターネットのうえで仕事をし続けていると、
「ダメでも、直せる」とか
「発表してからも、改良できる」
という思考がしみついてしまいます。
これは、気をつけないといけないです。
出したら直せないという覚悟がないと、
ほんとうにいいものはつくれないように思います。

いま現在「フリー」の立場で働いている人が、これからの未来につながるあらゆる働き方の実験をしているのだと思う。
売れすぎてすべて引き受けて資源が枯渇したり過労で倒れたりすることも、うまいこと休んでちょうどよく働くことも、年の半分働くようなことも、会社の働き方のモデルになる。

個人でフリーで働くのに「マーケティング」を取入れすぎるのは、結局じぶんの首を絞めるような気がする。「どうするべき」「どうしたほうが得」でやっていくと、最短距離で効率よく出がらしになるのではないか。企業でも、そういうことになるケースが多くない？

フリーは、「ひとりブラック企業」化しやすい。健康なマネジメントをぶっとばして稼ぎに入ってしまうからね。企業には福利厚生だの労働規制だの就労環境だの産業医だの不要そうにも見えて大事なしくみが山ほどあるんだけど、フリーは「沖縄行って遊んでくるわ」みたいなことで済ませちゃうんとちゃう？

じぶんをじぶんで売るというのは、実はけっこうやりにくいんだよね。身の丈以上のことをじぶんで言ったら、嘘つきとかほら吹きとかになっちゃうでしょう。

フリーは、個人の活動なんだけれど、フリーという名の「ひとりだけの会社」のようなしくみをつくるほうがいいんじゃないかな。でも、そうすると、人手が必要になってプロダクションに近くなっていくのか。

マネジメントのじぶんが、ちょうどいいサイズの経営をイメージできるといいんだろうな。
「ちやほやされる」と「なめられる」の間のところに、ほとんどのフリーがいるのだろうと思うけど、実は「ちょっとなめられる」くらいの位置のほうが自由でいられるような気もするな。それはつまり、「若さ」ということと同じかな。

「ちょっとなめられる」くらいのときに、基本的な栄養を摂ったり、未来をじいっと見たくなったり、ほんとの約束とかに助けられたりする。「ちやほや」がはじまると、「すごいじぶん」を見せ続けようとかして、妙なことになりやすい。

「仕事を選り好みするな」という考え方は、なんか40%くらいしか正しくないような気がするんです。とくにフリーだったら、なおさらです。思わぬ発見があっていい勉強になったというようなことは、たしかにあるのですが、じぶんから選んでやったことのほうがもっと「思わぬ発見」があるはずです。

たくさんの仕事がフリーランサーによって担われるのは、なかなか冒険的な社会だとも言えるよね。つらくない人と、つらい人の差はつくだろうなぁ。

あ、ぼくは、もう、「フリー」でやってた20年（25〜45歳）を、「チーム」で仕事してきた年数が超えていたぞと知った。

リーダーの最も大事な仕事は、じぶん以上の人を探すこと。

ぼくも、たまにこのことばを言いたいときがある。
「勇気」というものが、なにかを決めてしまうのだ。
じぶんがやってきた仕事についても、
いまやっている経営みたいなことについても、
「勇気」がやらせてくれていると感じていた。
「おれが、その答えを出す」という、その気持ち。
そうなんだよなぁ、「勇気」だよ、必要なのはね。

すばらしいアイディアで、なにかが変わる?
魔法のおまじないじゃないんだから、
ただのひとことがあるだけじゃ、だめなのよ。
このすっばらしいアイディアを実行に移して、
しかもちゃんとした成功に持っていくためには、
さらなる知恵も、地道な努力も、めげない根気も、
すべてがたっぷり必要なんだよね。

違和感はスタートの白線だ。

「新鮮さ」っていうのは、なんなんだろうなぁ。
熟成した技芸のなかにも新鮮さはあるし、
なんとなく思うのは作り手の側が
「ぼくもそれが見たいんだよ！」
と強く思ってるような感じかな。
「未知」が取り込まれていくというようような。

いっしょにいておもしろい人というのは、
冗談をたくさん言ってる人のことじゃなくて、
新鮮なこと（アイディア）を話す人のことだと思う。

どうなればいいのか、の、いちばん納得のいく答えは、
みんなが幸せになればいいということのはずで、
逆にみんなが不幸になるような「正解」は、
選ばないほうがいいのだと思える。

ぼくが思うのは、正解かどうかはともかく、
できるだけ多くの人を不幸にしないことだとか、
できるだけ多くの人を幸せにすることだとか、
そして忘れちゃいけない、
「わたし」を不幸にしないということとかを、
よくよく考えて、そっちの方に歩みだすことだ。

妥協とか、いい加減とか言われるかもしれないし、
そんなことでいいのか、とじぶんでも思うかもしれない。
それでも、「わたしを不幸にしない」を忘れちゃだめだ。
いちばん近くの、生きるべきいのちは、そこにある。

やったから、いまにつながってるんだものね。
やらなかったら、やらなかったいまにつながってるわけだ。

小倉餡発祥之地

青森ねぶた

「ほぼ日」という会社（法人）が、
どんな人格でありたいかを考えるときに、
「人といるとき、だれより低いものでありなさい」
という吉本隆明さんのことばはとても参考になった。
「ほぼ日」の乗組員の「人とのつきあい方」にも
「こうありたい」を考えた。
それを3項目にまとめたメモがある。

1　敬意を持って接する。

相手の地位や年齢に関わりなく、
いつでも謙虚であれ。
馬鹿にするくらいなら、最初からつきあうな。

2　損をさせても、してもいけない。

相手を高くあつかうあまりに、

言いなりになってはいけない。
そのためにはアイディアが必要になる。
どちらにも、よろこびがあるように。

3　どうしたいのかを、忘れるな。

いっしょに、どういうふうになりたいのか。
どうなったら、みんながうれしいのか。
それを忘れたら、うまく行っても、
ただの勝ち負けになってしまう。

きれいごとに聞こえるだろうか、そうでもないだろうか。
磨き込まれたものではないけれど、真剣に書いた。
こうありたいには（完全でなくても）近づくことはできる。

２０１７年３月16日は、「株式会社 ほぼ日」の
東証ジャスダックへの上場の日でした。
だれかが、「結婚式みたいな一日ですね」と言いました。
そうかぁ、そうかもしれないなと思いました。
じぶんたちの会社が上場した日のことを、
ボストンの「ハブスポット」社の社長
ブライアン・ハリガンさんが、
株式取引所の建物を見上げたとき「泣きだしてしまった」
と語ってくれていました。
ぼくも、そうなるのかとたのしみにしていたのですが、
じぶんのこころというのは、なかなか謎です、
まさしく身の引き締まる思いになってしまって、
個人的な感情が奥にひっこんでしまったのです。
しょうがないですね、「社長さん」だからね。

上場の過程では、たくさんの思いがありましたし、
多くの人の努力も、悲喜こもごもの物語もありましたが、
やっとゴールテープを切った、と思ったら大まちがい、
そのテープは、スタートの印だったのでした。
ほんとに、これにはじぶんでも驚きました。

フリーのコピーライターとして認識されていたぼくが、
まじめに会社をやっているということも、
あんがい知られてなかったようなのですが、
もうそろそろ、わかられるようになったかもしれません。
これからも、どうぞ、よろしくお願いします。
感謝するべき相手が、たくさんいます。心から感謝します。

なにか、じぶんにはできないというものに、
大きな刺激を受けたときには、
ぼくはよく、さみしい気持ちになったりします。
それは、嫉妬にもよく似ていて、
ひがみにも似ていましたが、そうじゃないのです。
「くやしいけれど」という競争心もありながら、
ものすごい敬意があるのです。
じぶんが小さいもの、無力なものに思えてきて、
そういうことを思わせてくれた対象が眩しいのです。
「よーし！」という気持ちは、ここで熟成します。
若いときのほうが、この気持ちになりやすいですが、
年をとっても、これが無くなったらつまらないです。
ぼくには、正直言って、まだまだ残っています。

「たのしみが待っている」ということ、
それこそが、いちばんはじめの一歩なんじゃないか。
「たのしみ」の場所への道のりも「たのしみ」だし、
「たのしみ」の時への時間も「たのしみ」なんだけど、
「たのしみ」を見つけたら、それがまずすばらしい。
そういう「たのしみ」の見つけ方、
「たのしみ」のつくり方生み出し方、もらい方、買い方。
ありふれたことを「たのしみ」に化けさせる方法。
そういうこと、ひとりひとりが上手になればいいし、
ぼくらは、やっぱり、「たのしみ」の上手な会社に、
もっとなっていけたらいいなぁと、思ったよ。
こどもとか、犬や猫とか、ありがたい「たのしみ」の塊。

今日からの5日間、いろいろ決まりごともありますし、
できることもできないこともあると思いますが、
ぼくらの合言葉は、かんたんにしました。

「(じぶんたちも含めた)みんなに、
いい時間をプレゼントしましょう。」

そういう気持ちでやります。
どうぞ、たのしみに来てください。

ほぼ日の学校
iroiro

こんなにみんながうれしそうに
バイバイできるなんて、
最高でした。
ぼくの葬式用の写真が
一枚増えました。

長いこと、じぶんのなかには、
「昔はよかった」という気持ちが
芽ばえないものだと思っていたが、
このごろでは「昔はよかった」も、
「いまがおもしろい」もどっちもいいか、
という感じになってきている。
いよいよ、ほんとうに老いてきているのだろうな。
ただ、ご同輩よ、残念ながら、まだぼくは、
「昔がたりの輪」には加わりたいとは思っていないんだ。

これからやりたいことはやりかけのままだし、

まだまだこの先に会いたい人たちもたくさんいる。
「いまがおもしろい」ように生きてきてしまったのだ。
そりゃ、年々、できなくなっていくこともあるだろう。
でも、できそうなことも、増えていくものなのだ。

趣味で「昔せんべい」を味わいつつ、
本番として「これからまんじゅう」にかぶりつく。
そういう感じで行きたいものだけれど、
どちらかと言えば、まんじゅうのほうが主軸だね。
あんこが見えてないほうが、たのしみだからかな。

ぼくは、「一生、新人」でやってきたような気がします。
たえず、はじめてのこと、なれないことをはじめて、
おどおどしながらヘタクソな挑戦をやってみて、
それがなんとかなる前に、また新しいことをはじめる。
だから、いつでも教わったり叱られたりする立場にいて、
「これでいいんだっけ?」みたいなことを続けています。
だからこそできたことも多いかもしれませんが、
新人だから味わう苦労も、だいぶん多かったと思います。
そして、いま現在も、新人仕事をいくつも準備中です。

おれ曰く「こういうふうに、なっちゃったんだよ」が、
すべてのはじまり。

うまく生きる方法も、歩むべき道も、
だれに指図されることもなく（指図してもらえもせず）
じぶんで探さなくてはならなかったころの日々は、
膨大な無駄だったかもしれません。
でも、それは、じぶんの頭を使って考えざるを得ない、
じぶんの足で歩かざるを得ないような
たいくつで埃っぽいまわり道を行く旅でした。
そのときに、じぶんで書きつけたへたくそな地図が、
その後のぼくのこころのなかに
ずっと存在していて、使われているようにも思います。

いま、ぼくらがやろうとしているのは、
先例がないことばかりだし、
こうすればいいという方法なんてものもなさそうです。
だったら、ねぇ、あのころのように、
へたくそに迷い道を歩けばいいいんじゃないでしょうか。
絶対に、それが、のちのち、
「あの時代があったことがよかったんだよ」と、
言えるような根っこになると思うのです。

じぶんにも「守りたい人たちがいる」
と思うところから、少しずつの成長がはじまる。
「だれを守る必要もない」ままだったら、
じぶんを大事にすることもできなかった。

道中 is Life。
ゴールを切る達成感の中にLifeがあるんじゃない。
道中だよ。道中 is Life だよ。

いろんな地方に出かけていって、
そこの方々とお別れする場面になったとき、
クルマに乗ったぼくら「ほぼ日」の乗組員たちは、
見送りをしてくれる人たちに向かって、手を振る。
そこには不文律があって、
とにかく相手から姿が見えなくなるまで、
手を振り続けるということに決まっているのだ。
「まだ見える！　油断するな！」とか、
まるで戦いのようなセリフさえ車内に飛び交う。
振り負けてはいけない、信号待ちになっても振り続ける。
これを、本気半分、冗談半分で続けているうちに、
気仙沼の友人たちが気づいてしまって、
見送る側も「振り負けてはいけねっぺ」と、
このごろでは小旗まで持ち出して振り続けてくれる。
もう、ゲームのようになっているけれど、
これだけで、なかなかたのしいお別れの儀式なのである。

手を振るというのは、いわゆるボディランゲージで、
出会いのときや別れのときに、
ある種の好意のようなものを伝えているのだと思う。

あかねさす　紫野行き　標野行き
野守は見ずや　君が袖振る　（万葉集　額田王）

――野守が見てたらどうしましょうか、
　そんなに袖を振って……

袖だけを振るわけにはいかないから、
これはきっと手を振っているということだ。
こんな昔から、ずっと、人は手を振っている。
なんの不思議もないけれど、
手を振るという「ことば」はずっと変わらず、
人びとに伝えられてきている。

イラスト＝ながしまひろみ

なにか表現することよりも、
なにがなにやらわからないいまのことを、
じぶんなりに考えたり悩んだりしていたい。
冷たいくらいにじっくり考えているんだけど、
しばらくそこに潜水していたいという気持ち。
だから、人に伝える文章を書くことの
スイッチがなかなか入らないし、
なにを書けばいいのかちっとも思いつかない。

「相手が好きになってくれたならば、
　こっちも好きになってやらないわけでもない」
というような態度でいる人は、とても多いと思う。
でも、それは相手も、そう思ってる可能性が高いから、
なかなかうまくいくものじゃない。
「こっちから先に好きになる」ことなんだ、とにかく。
ぼくは、これをいまごろわかって、残念でしかたない。
もっと若いときから、知って、そうしていればよかった。

「ともだちっていいな」みたいなテーマを、
おとなからこどもまで歌えるような歌ができたらいいね。
「ともだちっていいな」と思うとき
口ずさみたくなるような歌。

高いところでの、
理想的な相互の理解なんてものを、
本気で求めていたら、じぶんの生きる場が、
どんどん閉じていってしまうばかりだ。
高いところをめざすのはかまわない。
しかし、高いばかりが大切なことではない。

よくもわるくも、真理だなぁとつくづく思う。

「人は、見たいように、見る。」

そう、見たいようにしか見ないんだよ。

見たくないものも見えるようになったら、
それが、ほんとの目玉だね。

恋愛ばかりではないとも思うのだが、
「こっちをじっと見てやさしくしてくれる人」よりも、
「どこか向こうをうれしそうに見ている人」のほうが、
惚れさせちゃうんじゃないだろうか。
なにかに真剣で、夢中になっている人はかっこいい。
そして、その横にいっしょにいてみたいと思わせる。
アイラブユーと何万回も言ってくれるよりも、
黙って新しい世界への手を引いてくれるほうがたのしい。

身も蓋もない言い方をしてしまえば、
「ごきげんをうかがっている」より、
「思ったことを思いっきりやってくれ」ということ。

それは、男と女の関係だけでなく、大人とこどもでもね。
「どこに行って、なにがしたいの?」と訊ねて、
それを実現してくれる大人よりも、
うれしそうに「こっちへ行こう」と
連れていってくれる大人のほうが、
こころの奥に思い出を残してくれるのではないだろうか。

相手のためばかりを優先して、
「やってあげている」なにかというのは、
ほんとうには、どっちもたのしめてないものだと思うよ。
人がうれしそうにしている様子は、だいたい魅力的だよね。

好きになってもらおうとするのは、
こちらではなく、
相手が決めることだからどうにもならない。
こちらにできるかもしれないのは、
「相手を好きになる」こと。
「相手よりも、ぼくのほうが、相手を好きだ」
という場面を、知恵と工夫とまごころでつくること。

なにか重いものをうんせうんせと運んでいるときさぁ、

「だいじょうぶ?　重い?　心配よ」

なんて言ってくれる人がいても、なんにもならないよね。

それよりは、「手を貸すよ」ってさ、
持ってくれる人がありがたいよね。

どうしてある人物を尊敬したり憧れたりするかといえば、事を前にした「態度」が決め手のような気がするんです。

こういうときに、こうした、こう言った。

筋を通したにしても、こころで泣いて逃げたにしても、どう強かったか、どう正しかったか以上に、
ぼくらが見ているのは「態度」なんだと思ったのです。

信義だとか、友情だとか、義侠心だとか、優しさだとか、わりと昔からあるような、その人なりの原始的な倫理感。

そういうものが人のこころの土台にはあるんだよなぁ。

親しき仲にも礼儀あり、の「礼儀」というものが、
親しい人たちとの関係を助けてくれるんだよね。

ほんとは、トップクラスの先生から学ぶべきなのに、
じぶんの実力に近い、へんな先輩を学んでしまう。
こんな例は、ものすごくたくさんあります。
一流との差がどれほど大きく見えたとしても、
一流のやり方をなんとかまねしたほうがいい。
実力がちがいすぎるのにまねをすると危ない？
そうかもしれないですが、すくなくとも、
へんなクセのある下手な人を手本にしちゃだめ。
一流のまねができなくともよくよく凝視することです。

賞をもらったり授けたりは、なかなかいいことだ。
他に認められにくい場にいる人にとっては、
賞がきっかけで道が開けることがある。
ただ、あまり長い時間、そのことにこだわる必要はない。
ほんとうに大事なのは賞という免許証そのものではなく、
実際に運転してどこへ行くかのほうだ。

悲しくてたまらないような出来事があっても、
その感情にずっと浸ってはいられない。
次の場面になったら、しっかり者の顔で、
いかにも希望に満ちた明日を語ったりする。
ひとつの感情にいつまでもつきあっていることも、
次々に起ることに対応するために、
くるくると考えも思いも変えていくことも、
どっちも人間のやることにはちがいない。
ぼくらは、ひとりずつが、
ひとつの肉体を持つひとりの人間だけど、
両方のこころを、行ったり来たりできるはずだ。
ゆっくりできる日をつくって、ひとつの感情に、
じっとゆっくり浸るようなことをしてみたいと思う。

じぶんと他人とは、しょっちゅう混乱しているのだ。
たぶん、同じ歌を歌ってよろこぶことだとか、
なかまといっしょになにかするたのしみだとかも、
じぶんを、じぶんとして切り離せない現象のひとつだ。
遠くでも近くでもなく、ぼくはここにいるだけなのに。

なにをしているということでなく、
広い海に浮かんでいるように、「ひとりでいる時間」。
人には、それが必要なのではないかと思う。

眠っているわけでもなく、寝ころんで天井を見ている。
窓の外に目をやって、なにかわからぬものを見ている。
風呂につかって、ゆらゆらするなにかを眺めている。
そんなときに感じている、じぶんのなかの「からっぽ」。
忙しくて考えそこなっていたようなことを思い、
過去のちょっとした考えをほじくりだし、
なんのことかわからずに「どうしようかなぁ」と感じる。

こういう「ひとりでいる時間」は、
他の用事や、他のわかりやすい感情で埋めてはいけない。
大事に、そこにいるじぶんと、ゆっくり話しあうのだ。

イラスト＝福田利之

客室乗務員がトレイにいろんなお菓子を持ってきた。
ぼくは、「どれがおいしい？」と訊いた。
「どれもおいしいですよ」と当然の答え。
「でも、あえて言えば？」と軽くぼくは尋ねた。
ちょっと間があって、ひとつを指差して
「これは、あんまり……」と彼女は言った。
ひとつを除いて、どれもおいしいのね。

「これは、あんまり……」は、
依頼されてつくる広告のコピーとしてはあり得ないのです。
でも、いちばん信じられることばだと思ったのです。
むろん、声のトーンとか表情というデザインも含めてね。

スケジュール表をながめて、はっと気がついたのですが、
ぼくには「喜・怒・哀・楽」の
「怒」と「哀」のタグをつけるべき予定がほとんどないのです。
「喜・難・苦・楽」のシールくらいなら貼れるかなぁ。

MENU

そういえば、と、ふと思い出すのだった。
いつだって、ぼくらは帰るための旅をしていたんだ、と。
じぶんたちのホームから出発して、ホームに帰ってくる。
出て帰る、その間にどんなことがあったのか、
それを続けていたんじゃないか。
目的地も、目的も、それほど大事なものじゃない。
出て帰る、その間にある時間がどんなだったのか、
それが、ほんとうに大事なことなのかもしれない。

さらに、揺られながら流れていく景色の中で、
ぼくは考えることになる。

「私たちは何処から来て何処へ行くのか？」と、
昔から人は問いたがるけれど、ほんとうは、
そんなことはどうでもいいのかもしれないな、と。
ひとり生まれて、ひとり逝くのはみな同じ。
短くも長いその間が、その人の一生というものだ。

願わくは、その、「その間」というものが、
生き生きとうれしいものでありますように。
線路の上にいて、ぼくはちょっと願ったりもする。

29612

京都にくると、なにかと岩田さんのことを思います。岩田さんがずいぶん忙しいときにでも、ほとんど欠かさず家に来て会っていましたから、たくさんの話をしたのですが、その内容よりも、もっと大事でないことのほうがこころに残っています。▼昨日、京都に詳しい人と京都のパンのことを話していて、岩田さんが買ってきてくれた「まるいパン」のことを、あらためて思い出しました。当時の岩田さんの家の近くのパン屋さんから、何種類かのパンを見つくろって持ってきてくれるのです。そのうちの「まるいパン」と呼ぶことになったものを、家人が大好きで、たのしみにするようになっていました。一度、東京への出張のときに買いに行ってくれて、それを家に忘れて、駅から取りに戻ってくれたとか、笑いながら語っていたこともありました。▼去年の夏、ぼくは、そのパン屋さんを訪ねて、「まるいパン」を探したのですが見つかりませんでした。店の人によく説明したのですが、「それでしたら、これですね」というのがちがうんです。だから、「まるいパン」は、3年近く食べていません。あれは、岩田さんだけが買ってこられるパンだったのか。そういうことにしておこうと思いました。▼岩田さんが持ってきてくれるものって、ふつうにケーキとかじゃなくて、ときにはシャケだとか、焼きおにぎりだとか、もらい物の湯のみだとか、ものすごく日常的なものが多いんです。我が家からお返しに持たせるのも玉子だったりね。なんか、そういうことが、いまごろになって、とても大切な思い出になっているなぁと気づきます。家の、岩田さんが来たときクルマを入れるガレージに、また来ないかなぁと、しょっちゅう思ったりします。

うちの犬は、もうおばあちゃんになっているけれど、ずっと、犬のともだちがいない。小さいころから、他の犬に対してのふるまいがよくない。けんか腰というか排他的というか、なかよくできない。相手が小さくても大きくても、いんねんをつけていた。やがて、年をとっていくと、けんかはしないけれど、犬を無視するようになった。遠くに別の犬を見つけると、そっちを見ないようにして、足早になって、さっさと通り過ぎようとする。ドッグランという場所には、二度ほど行った。とてもうれしそうには見えなかったのと、なにか争いでも起ってはいけないと、人間のぼくらのほうが遠慮して、行かなくなった。▼そんなこんなで、うちの犬は、犬のともだちのいないまま、老犬になってしまった。保護者としては、ちょっとさみしい思いもあるけれど、それはそれでそういう人生だったんだと、納得している。

うちの犬は、人間とはなかよしなので、犬のともだちがいないことを残念がってもいない。ぼくがもっと教育パパみたいな気持ちでいたら、犬となかよくできない犬のことを、あんまり「いいこ」じゃないという理由で矯正しようとしたかもしれない。しかし、そうする必要も感じなかったので、そのままだ。▼人間となかがいいとは言っても、このごろはもう、あんまり甘えたりもしてくれない。独立独歩と言えば聞こえはいいけれど、特に人間に媚びなくても、やっていけると覚った感じ。愛想がなくなったということでもある。そして、かつては興味のうすかった「食べもの」への執着は10倍にもなってきている。▼そんなふうな、ぜんぶ、まるごとが、うちの犬で、もっといいこになる必要もないし、この先も、ずっとこのままでいいと思う。あとどれくらいの時間、いっしょに過ごせるのか。ずっとそんなことも考えてきたけれど、今日も、それなりに元気で寝たり食ったりしています。▼なにかできるから愛されるわけじゃない、っていいことだ。

コドモは特にオトコのコは「うんこちんちん」が好きだ。それらは、いつも見ているし、いつもあるものなのに、不思議にも、ないことになっていたりする。大人たちがヘタに隠しているというか、なぜかないことにされているな、とコドモは訝しむ。▼うんこやら、ちんちんやらのある、「そのへん一帯」にまつわることは、いちおう、ないことにして社会はまわっている。ないことにしたほうが、社会はまわりやすいのだけれど、「あるものはある」ということは、自明である。ちんちんは、ひょいと目立つように飛び出ているし、うんこも、じぶんのおしりから出て、しかも臭い。毎日、よくなじんでいるものなのだ、ないはずはない。あるものはある、ということが気になってしょうがない。それがコドモというものであり、ま、芸術家である。▼食べることについてさえ、ひっきりなしに考えていたら、穏やかな社会の流れをどうにかさせてしまうだろうに、「そのへん一帯」のことまで自由に公開していたら、もうどうなってしまうかわからない。▼また、犬や猫には「その季節」というものがあるけれど、人間の場合は「いつでもどんどん行けます」と、「日々是機縁」ということでの繁殖力をキープしている。これで、もし「そのへん一帯」の物語を解放してしまったら、縁が縁でなくなって、繁殖関係が「たいくつ」になってしまう可能性もある。だから、知恵として、「そのへん一帯」については、大人の隠しごとにして「夜の箱」にしまっておいたのだ、というような事情も考えられる。▼しかし、コドモにそんな事情は理解できない。ないないと言ってるけれど、「あるものはある」と、大声で叫びながら走り回りたいのである。あるから、ある。ないと言われても、ある！　それが、「うんこちんちん」なのだと思うのだけれど、全体に、この遊びの構造というのは、「いないいないない・ばー」なんだよな。「そのへん一帯」の扱いについては、コドモばかりか、大人も「いないいない・ばー」で遊んでいる。

小さいころに、おばあさんとか、大人とかから、「しょうがないんだよ」と言うことばをよく聞いた。こどもの時代は、「そうかなぁ、そうなのかなぁ」と、漠然と不満に感じていたけれど、なんとなく胸に納めて、やがて忘れていった。▼思春期から、青年になると、「しょうがない」ということばは、もう、まるで「敵のことば」のように見えた。「しょうがない」のままでいいのか！　などと叫んでいると、純粋で人間らしいという気分になれた。まったくもう、なにが「しょうがない」だ、と怒った。

怒りながら、なんのことをどうすればいいのか、じぶんのこととして考えたら、とてもむつかしかった。やるべきことの順序がわからないでいるうちに、胸焼けのようなもやもやを残したまま、ひとつひとつのことを忘れていった。▼ずっと忘れてないこともあるけれど、「しょうがない」ことがずいぶんたくさんあることに、だんだん気がついてしまった。「しょうがない」のままにしておかないためには、ほんとうに、なんとかすることが大事になる。「ほんとうになんとかする」ことは、口を尖らせて叫んでいるだけじゃはじまらないし、さまざまな困難も乗りこえていかなきゃならない。ずっと続けていく覚悟と、責任も大事になる。できるだけのことをするだけでも、なかなか大変だ。そうなると「しょうがない」のままにしておくことと、そうはいかない「ほんとうになんとかする」ことが、どっちもあるという状態になる。▼忘れるわけじゃなくて、「しょうがない」とすること。これは、「しょうがない」に怒って、やがて忘れてしまうことよりも、ずっと大人の仕事だ。おばあちゃんや、おやじ、大人たちの「しょうがない」がいまごろになって、ちょっとわかったような気がする。

ぼくの父親は、大正八年の生まれだった。だから、若い年齢で太平洋戦争に行った。戦争の話は、たまにした。南方の戦線だったらしく、飢えの話題が多かった。ヤシガニが食えるとか、ブタを見つけて追いかけたけれど足が速くて捕まえるのが大変だったとか、こどもが聞いても、興味を持ちそうな話をした。火薬や血の匂いがするような物語は、聞かなかった。とにかく歩く話や、腹が減ったという話が多かった。たまに、星がきれいだっただとか、バナナがうまいんだとか、機嫌のいい話題も混じった。▼軍隊というところの理不尽なしくみについては、怒りというよりは終わったこととして話していた。兵隊が、銃やら靴やらの持ち物を失ったときには、どこかのだれかのを盗ってきて取り繕うのだと言った。そうしないと、グループ全員が厳しく罰せられるという。そういう話を、なつかしむように話していた。どこそこの連隊がめっぽう強かったとか、時代劇のなかの自慢話のようなことも語っていた。戦争から帰ってきて数年しか経ってなかったのだが、ずいぶん昔の、別の時代のことのように話していた。父の母親であるぼくの祖母は、「戦争に行く前は、あんなに酒を飲まなかった」と、よっぽどつらいことがあったのだと、孫のぼくに言った。▼生きた死んだとか殺した殺されたというような話は、そういえば、ぼくは父から聞いてない。ただ、ぼくがなにかのことで大げさに「死ぬかと思った」という表現をしたときに、「ふざけるな!」と恐ろしい顔をして言った。戦争に行ってきた人が、怒っているのだと感じた。父は、無名のただの兵隊だったけれど、そして無事に生きて帰ってきた運のいい男だったけれど、ずいぶんとたくさんの傷を負っていたのだと、こどもごころに、ぼくは思った。それ以上のことは、質問したりもできなかった。いまのじぶんの年齢になって、あのときの父と話してみたいと思うのだけれど、もう遅い。父は、いまのぼくの歳で他界している。

始球式は、
「ノーバンで届いたから満点」
ということで、無事終了。

切なすぎる。「デッドボール↓2ランホームラン」って、
いちばん見たくない負け方がはじまったという感じ。

マシソンって、将来、
「忘れられない外国人選手」として
語られるだろうなぁ。

野球観てると、涙がにじんじゃう。
そういうことも人生の愉しみなのだと、
言えば言えなくもない。
食道のあたりが硬直している感じ。
おれの、なにが鍛えられているのだろう。

い、いましがた、こ、こ、小林に……
だ、だ、打点がつきました！

野球の傷は仕事で癒せ。

途中途中で、「ここから勝つ」と思って観るのが
野球のおもしろさなんだけれど、
今年の広島戦については、その気持ちになりにくい。

ひとつのチームに、1勝10敗だよ。
同じプロの野球チームだよ。
おれはもう、明日こそは野球を断つ。

野球を見てないから、
いま新人の三塁打で先取点取られたとか、
今年は先取点取られたらほぼ負けとか、
なんにも知らない。

おれは、野球とか見てないから
全然知らないし気にもならないんだけど、
7点くらいやって、
1点ももらえてないなんてことはあるまいな。

放送席〜！　放送席〜っ！
泥沼を底の側にブレイクスルーした
巨人軍の皆さんです。

野球なんか見ない。野球なんか見ない。
でも、田口投げるんだよなぁ〜。田口、がんばれよ。
だけど野球なんか見ないぞ。
マギーはよくやってるよなー。石川も、がんばれよ。
見ないからな。身体に悪すぎるし。
もうすぐ2時になるけどな。見ないぞ。

家に帰ったら、なんかテレビで野球じゃない
おもしろいスポーツ中継番組やってないかなー。

あのねあのね、さっきねー、ぼくねー、
オーロラビジョンに映ったんだよー！

ラグビーの名試合を観ていても、つくづくおもしろい。
サッカーだって、バレーボールだっておもしろい。
フィギュアスケートだって、卓球だって、おもしろい。
だから、テレビの中継があれば、よく観ている。
そ……　そうは言うものの、
……野球がなつかしい。

フージャース
JAバンク 東京
文教大学
安藤ハザマ

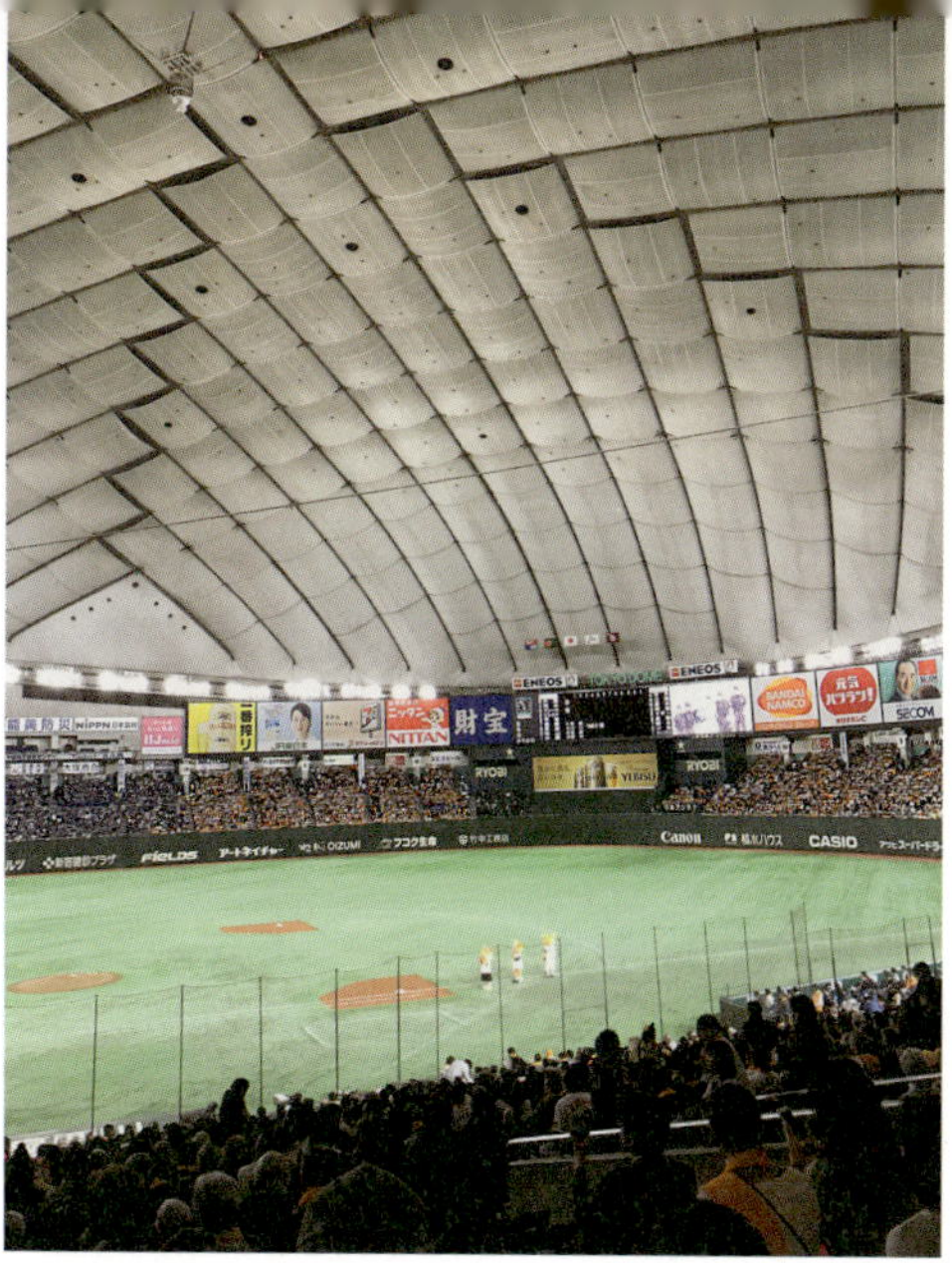
ENEOS
財宝
NITTAN
RYOBI
YEBISU
SECOM
Canon
CASIO

ENEOS
SEIKO
CUB
SANTOS
AYALA
CEPEDA
DESPAIGNE
SAAVEDRA
BENITEZ
CESPEDES
ENTENZA
141 km/h
SU
BLASER
AVG
RBI

人がなにを言おうがなにを思おうが自由かもしれないが、
わざわざ人のいやがることを言うのは、
言っている本人自身のたましいを、傷つけている。

「わたしはひねくれているのでしょうか？」という場合、
たいていは「ひねくれています」。
「わたしがわがままなのでしょうか？」という場合は、
たいてい「わがままでしょうね」。
「わたしが小さいことにこだわりすぎなのでしょうか？」は、
まぁ、ほとんど「こだわりすぎです」。

なにかよくないことがちらっとでも見えたとき、
「きっとなにかとてもよくないことが起こるのだ」と、
身構えて、それにとらわれてしまうと、
ひたすらに「なにかとてもよくないこと」への対処に、
大きなエネルギーを使ってしまって、
「よくないこと」の他にもあったはずの、
「よいこと」が起こる可能性が、
無視されてしまったりする。

「そういうのが好きか?」は、とても大事なことだ。
勝つことが目的だったとしても、
とても嫌いなやり方で勝つというのは、
その試合に勝てたとしても、うれしいことなのだろうか。
スポーツの試合でも、そういうことを思うのだから、
実社会で、仮想の敵を追い落とそうとして張る罠だとか、
勝つためにならなんでもやるという戦法とかについては、
「そういうのが好きか?」と、自己問答したいものだ。

脅迫とか暴力とか体罰とかっていうのは、
コストの安い「管理方法」なので、
すばやく効果を上げる場合もあるけれど、
管理される側のこころからでた行動に結びつかないから、
何度も脅したり殴ったりを繰り返すことになる。

水をくみつづける　安心のために
水の桶を　ながめて　あなたはよろこぶ
水は飲まないように　水が減るから
渇いて　渇いて　渇いて
あなたのいのちは枯れていく
Life is very short.
水を飲もうよ　水を飲もうよ
あなたが　枯れずに　咲くために
（ドコダッタカ民謡「水桶の歌」より）

たのしんで、なにかと取り組む。
たのしんで仕事をできたら、フルスイングできる。
苦しいことも、つらいこともあるのはわかるけれど、
たのしんでいるようにしていれば、たのしくもなる。
ぼくは、できるだけそうやるようにしてきた。
そのせいで、というか、そのおかげで、
いいこともたくさんあったと思うし、
他の人によろこばれることもいっぱいあった。

だけど、これにも、ちょっと付け加えなきゃならない。
「たのしんで」には、ちょっとした弱みがあるのだ。
それは、「いい気なもんだな」という呪文だ。
これを言われると、たのしそうにやっていることが、
なんだか悪いことのように見えてくる。

たしかに、だれかが「たのしんで」いるときにも、
たのしんでいられない人がいるのは、たしかだ。
時と所を選ばずに、ばか笑いするようなことは、
やってはいけないことだとは、ぼくも強く思う。

ただ、「たのしんで」いることを、
どこのだれに遠慮しなくてはならないのか、
実は、それは、よくわからないことなのではある。
だれかがたのしそうにしている、というだけで、
そのことに腹を立てる人は、たしかにいる。
そして、「いい気なもんだな」という声は聞こえてくる。
これを、何度も経験してきたぼくは、その対策として、
先に「いい気なもん」かどうかを、
じぶんで先に考えて、考え終えておくようにしている。
「すでに考えてあって、決断をした」というのは、強いよ。

わたしはこう思う、わたしはこう考える、
わたしはすばらしい、わたしは知っている……。
そんなことばが、空中で交通渋滞を起こしている。
「いいでしょう？」というプレゼンテーションよりも、
「よかったよ」のほうが、ほんとうなのだ。
「こんなに思ってます」の告白ではなく、
「思いをありがとう」の側に、ほんとのことばはある。

「なんだかなぁ……」って言うと、
内容についてなんにもふれてなくても、
かなりたくさんの人から「そうそう！」とか、
共感されちゃいそうな気がする。

「なんだかなぁ……」と言いたくなるようなこと、
やっぱり多いんだよねぇ。
「悲しくてやりきれない」、というようなことでもなく、
「うれしくないなぁ」というくらいの感じで、
「なんでそうなるの？」と考えさせられちゃうこと。
そういうのだらけ……。

「なんだかなぁ……」の大海を泳ぎきるんだ、タフにね。

人には、バカが必要なんだ。

人間の日々の仕事、勉強、いろんな場面のある生活。
そういう場で、人は、マジである必要がある。
へらへらしていたり、いいかげんなことを言ったり、
冗談やらでたらめを言って笑っていたら、
たいていは「周囲に迷惑をかけるから」と叱られる。
ふざけているより、しょうもないことを言ってるより、
他にすること（役割）があるのである。

だから、人は、相手をしてくれる「バカ」を探す。
友人と呼ばれる他人や、同僚と言われる他人や、
なんだかよくわからないけど酒場で知りあった他人と、
まったくマジなことを言わずに、時間を過ごしたがる。

そんなふうに言うと、男性ばかりが
バカを求めているように思われるかもしれないが、
そんなことはないのである。
女性たちのいわゆる「女子会」だとか「長ばなし」は、
人生の悲劇について語っているように見えるときでさえ、
実は、バカを言って時間を過ごしているのである。

有用性や、合理性や、効率や、教養や、倫理を、
まったく要求されないコミュニケーションを、
人は探し、求め、享受しているのである。
他の人にとっての「バカの役割」をじぶんがしてあげて、
じぶんにとっての「バカの役割」をしてもらう。
そういう遊びの時間は、めしやねむりの次くらいに、
大切なものなのである、と、わたしは考えた。
犬や猫の相手をしている時間も、バカのやりとりであろう。

人は、他人をがっかりさせたくないと思いながら、
それなりに無理をして生きている。
親は子に子は親に、夫は妻に妻は夫に、
スターはファンにファンはスターに、
親分は子分に子分は親分に、気を配って生きている。
だからいいこともあるし、辛くなることもある。
そして、この無理を繰り返しているうちに、
「がっかりさせる」ことを恐れすぎるようにもなる。
失敗やらがっかりやらのないように、すべてを計画する。
そのほうが、うまくいくことが多いからだ。
でも、「あんまりうまくいかなくてもいい」ことも、
実際にはたくさんあるということを忘れている。

真剣に相手をしてくれる人と、真剣に話すのはたのしい。
たいていの悪口とか、半端な批判とかがいやなのは、
そういうことを言うものが、真剣じゃないからだと思う。
じぶんと意見がちがっても、
それが真剣だったら耳に入るものだ。
真剣にぼくにつきあってくれてる人びとに、感謝してます。

じぶんが「いてもいい人」、さらには
「いたほうがいい人」であるかどうかについて、
人間はとても真剣に悩むと思った。
他人が「いてもいい人」と認めてくれるのか、
「いたほうがいい人」として歓迎してくれるのか。
そして、じぶん自身が、じぶんのことを
「いてもいい人」「いたほうがいい人」と思えるのか。
ほんとは、すべての人間が、あらゆるものが、
「いてもいいんだよ」とか「あってもいいんだよ」と、
無条件で肯定されている世界が理想なんだけどね。

不幸も幸せも指折り数えられますが、どっちを数えますか？

佐世保在住の作家佐藤正午さんと
対談みたいなことができるのかできないのかと
恐る恐るやってきまして……
できたんですできたんです。
おもしろかったーっ!!
ありがとうございました。

バファローズの
キャンプ地に来てます。
田口二軍監督と。

他人と同じ場にいるということの、
いちばんのたのしみは、
その新しい場にいることで、
いままでのじぶんが少しでも変わることだ。
そこにいたからこその発見があるから、
じぶんでない人といっしょにいることは、　おもしろい。

「ともだちがいる」ということ。
これが、ぼくなりにいろんなことをやるときの、
大きなヒントになっている。
「そんなこと、相手がともだちだったらするか?」
と、行き過ぎた行為をいさめることもできる。
「ともだちがいる」ところから考えをはじめることは、
じぶんたちだけで考えていることへの、
思わぬ反対意見になったり、後押しになったりもする。
若い人というともだち、老人というともだち、
ちゃらちゃらしたエリアのともだち、知識人のともだち。
お堅い職業についているともだち、いろいろいろいろ。
いろんなともだちが、ぼくらを新しくしてくれる。

思ったよ、ぼくの「しあわせ」みたいなものを、
ひとつずつ集めて献立表にしたら、
「矢野顕子との歌づくりが続いている」ということは、
とても太い文字で書かれているだろうなとね。
だからといって、その「しあわせ」を増やすために、と、
どんどん歌をつくるということでもない。
できそうになったら、つくってみて、歌ができる。
そういうことでいいんじゃないかと思っている。
でもね、これから、そうたくさんはできないわけだから、
もうちょっと、その気になってもいいかもしれないな。

ときどき、じぶんが「赤いスイートピー」だとかさ、
おんなのこの歌をくちずさんでいることに気づく。
しかも、歌いながら詩を味わっているんだよね。
そして、そういう歌って、
松本隆のつくったものがとても多いんだよ。
すげぇなぁ、松本隆って。

清水ミチコ
@michikoshimizu

左右という字の違い、中がエロだった。

糸井 重里
@itoi_shigesato

左右にも　エロを見つける　いい大人

三宅秀道
@hidemichimiyake

無粋な質問ですが。私は好きな歌に登場する場所に行ってみるのが趣味のひとつです。糸井さんの作詞された「ニットキャップマン」の山田川（さんだがわ）も行きたいのですが、群馬県や各地に「やまだがわ」はあってもさんだがわはないようなのです。実在する川なのでしょうか？　おうかがいしたいです。

糸井 重里
@itoi_shigesato

山田川（さんだがわ）は、空想上の地名です。ただし、あの歌のもとになったエピソードはありまして、千葉県の花見川です。ぼくは、真冬に落ちてずぶぬれになりました。

ほんとに大人であるならば、
こどものように語っても、
まちがいなく大人であるはずである。

大人と大人が会って、
とてもたのしい時間を過ごせたときは、
大人のようにしていなかったと、あとでわかる。
大人のようにしていなくても、
大人になるまでに身につけてきたことを、
じゅうぶんに語りあえる。

こういうことがあったんだよ。
そうかい、それは、こういうことと似ているね。

ああそうだね、それはあの人も、そうやっていた。
それは、こんなことを考えていたからだろうな。
うん、そうそう、そこまではわかってたんだ。
少年のときとおなじような単語をやりとりしながら、
大人だからこそ言えることを、話しあえる。

なにを経験してきたか、なにを考えてきたか。
その旅によって、大人になっていくのだとしたら、
その物語は、大人のことばでなくても語れる。
ここ数日のあいだ、ずっとそんな気がしていた。

じぶんと気が合っておもしろいやつなんて、
そんなにたくさんいるとは思えないから、
年上であろうが、年下であろうが、
男であろうが女であろうが、
人間であろうがそうじゃなかろうが、
どの領域からでも探すしかないのだ。
それは、ぼくばかりじゃなく、
だれにでも言えることだと思うよ。

みんな、かわいい。かわいくないのもかわいい。
おすまし二枚目もかわいいけれど、
「だみだこりゃぁ」みたいなのが、またかわいい。
他のだれかが「こんなの?!」と眉をひそめても、
わたしは、その「こんなの」が、大好きなんです。
どこがいいのか言えなくても、ぜんぜんかまわない。

「犬は自らの姿を知らない。」
そのことが、ときにうらやましく、ときに愛しいです。
うちの犬をずっと見てきて、
あるとき「そうか！」と思いました。
だから、人間から見て「みっともない」ときでも、
元気で平気です。

いろんな縁を結んでくれたリュネットさんが、
「お空組」のコになってちょっと時間が経った。
なんか、まだその辺にいるような気がするなぁ。
みんなにさまざまな幸福をばらまいてくれた犬。

ただ単に、じぶんの思い出として
書いておきたくなった。
うちの犬が、どこでどう寝ているかの変遷。

うちに来たばかりの仔犬の時代。
クンクンと切なそうに
鳴いたりすることもあり、
夜中に家人が心配して
添い寝をしていることもあった。

ジャックラッセルテリアという犬種の、
凶暴なまでの活動性について
たくさんの助言があった。
いっしょに寝るというようなことは
ありえない、と。

しかし、人間のほうの勝手もあって、
寝室についてくる犬を、
鼻の下を伸ばしてベッドに上げ、
寝返りでつぶさないように
いっしょに寝ることになった。
犬は、家人のほうで寝たがったのだけれど、
家人は寝苦しいから
それはお断りだときっぱり言った。
むろん、ぼくのほうは歓迎の姿勢で迎え入れた。
しかし、犬は、すきあらば
家人の床に行こうとしていた。
ぼくは、ふたりの仲を裂いて、
じぶんの床に誘う
狒々親父のような役割にも思えたが、
それでもいいいや。

京都の家にいるときには、
深夜におやすみを言って、
別々に寝ることになった。
犬は、二階まで階段を上ってくることが
苦手だったのだ。
それはそれで、特に文句もないようだった。

犬は10歳を過ぎたころから、
少しずつ老化してきて、
二年くらい前からボール投げに
興味を示さなくなった。
それからしばらくすると、
ベッドに飛び乗るときに、
胸やお腹をぶつけたりして
失敗するようになった。

この一年くらいは、
じぶんでベッドに上れなくなった。
最初からぼくが抱っこして寝室に運びこむか、
遅れてやってきてしばらく待っているのを、
よいしょと持ち上げて、
ふとんをかけてやると横になる。
ただ、人の眠る夜に共に寝るというよりは、
昼も夜も、朝も、
眠っている時間が多くなっていて、
ほとんどじぶん用のベッドで、横になっている。
二、三日は、そのまま人とは
別々に寝ていたのだけれど、
また、その後、ぼくのベッドに
やってくることになった。

これだけのことでも、
いろいろあったなぁと思うわけです。

散歩から帰ってきた犬が、
足を洗うバスルームまで、
家人に抱っこされて行く姿が、とても好きだ。
ぼくに、いろんな好きなものはあるけれど、
犬が抱っこされて廊下を行く光景は、
かなり上位に入る。

仔犬のときから、犬は自由で生意気で、
じぶんだけでなんでもできるようなつもりで、
家中をわがもの顔で走り回っている。
なにか欲しければ催促をするし、
おしっこをすれば、
ほれ早く片づけろと命令をする。

王さまのようなふるまいで生きている。
しかし、抱っこされている犬というのは、
純朴で小さくてなにもできない赤ん坊のようである。
「ふだんは威張ってるくせに、抱っこされてらぁ」
という目で、ぼくは犬を見てしまう。
ちょっとわるいかなとも思いつつ、
好きなコをからかうような気持ちで、
抱っこされて運ばれていく犬を見て微笑んでしまう。
犬としてみれば、弱みを見せてしまって、
「少々、残念である」というところかもしれないが、
抱っこされている犬の、その弱さというものは、
犬たちの強さの何十倍もの力になっているように思う。

その弱さは、ぼくらの親しさをたしかめさせてくれる。
ぼくら人間がいないと、生きていけないという事実を、
素敵におもしろいかたちで思い出させてくれる。
大丈夫だよ、ちゃんとぼくらが守るからと、
ややオトナな気持ちになって、ぼくは犬を見る。

そういえば、と、いっしょにしては
申しわけないのだが、
魅力のある人間たちというのは、
こんなふうな、「抱っこされている犬」みたいな、
愛嬌のある弱さを持っているような気がする。
あの人、この人、ぼくにとってかっこいい人、
尊敬している人、魅力的な人たちは
いっぱいいるけれど、
みんな、意外な弱さのようなものを
あわせ持っている。
意図してそう振る舞っているのではなさそうなのだが、
どうしても顕れてしまう
「純朴な弱さ」のようなものが、
その人の強さ以上に、人を惹きつけるのだ。
勉強とか、努力では身につかない賜物のように思える。
完全な人になんかなれっこないし、
魅力もないってことね。

ぼくは、じぶん用の慰めの方法を考えついた。
うちの犬が、人間のおんなのこになって、
ぼくの目の前に現われて、会話するという物語だ。
ぼくのほうの身勝手な都合で、会話ができている。
ほんとはうちの犬のおんなのこが、
「あの旅行に連れてってもらって、うれしかった」
とか言ってくれちゃったりなんかするわけだ。
「いまも、ヨーグルトは大好きなの」とかね。
ボールを見ると、突然追いかけたりしてね。

だれかにやさしくしたくなったら
どうぞ　わたしにやさしくしてください
わたしは　いつでも　あなたのやさしさを
うけいれるようにします
わたしは　いつでも　あなたのやさしさを
まちのぞむようにします

犬より　（ねこも）

犬。ぼくの留守の間に
新しい居場所を
つくってもらったらしい。
あんがいなじんでいるとか。
ジャンプしなくていいから、
ラクだね。

知ってる人たちは、
知っている。

咲いて待っててくれたのね。

いちおう、
天気はちょうどよく
なりましたかね。

この日、この場所に、空から降りてきたのだとしたら、
昨日、3月11日の気仙沼は、とてもいい日だった。
お天気のいい穏やかな日を、人びとは過ごした。
昔からある港町は静かで、そう、
さみしいくらい静かだった。
近所にある大人気の青果スーパーの話やら、
どこそこの店の改装の話やら、
複雑な編みもののちょっと苦労する部分のことや、
ぼくの煮魚の食べ方がきれいだということや、
ツリーハウスに集うこどもらの話ができた。

かたちのあるものは、ずいぶん戻ったと、
とてもあかるい顔で言った毛糸店の奥さんが、
それに続けて、こころのことはぜんぜん戻ってないと、
ふつうの顔になって言った。
誰を責めるわけでもなく、じぶんの近くの、
亡くなった何人かのことを数えるように口に出した。
ただの天気のいい穏やかな日には、
いろんな思い出が隠れているのだった。

悲しみに関わる儀式には、かならず黙祷がある。
どんなことばを発するよりも、発することをやめる。
それは、なにも言えない小さなものになることで、
祷るべき相手への敬意を示すというやり方だと思う。

亡くなった人がどこにいるのかと
考えたくもなるのだけれど、
どこにいようがいるまいが、かまわない。
その人が生きたせいで、ここにあるもの。
そいつが、生き続けているのだ。

こどもがいたら、こどもはまさしくそういう存在だ。
その人が買ったもの、つくったもの、書いたもの、
その人が語ったことば、怒ったもの、悲しんだもの、
その人が抱きしめたもの、その人が育んだもの、
その人が別れたもの、その人が歩いた道、

その人が吸った空気、その人が祈ったこと、
すべて、そのまま、その人が死んだからといって
いっぺんに消えたわけではない。
そして、ものも、ことばも、場所も、思いも、
その人が死んだあとも、続きを生きている。

それを「あの人は生きている」と、言っていいと思う。
亡くなった人がどこにいようと、どこでも続きをやっている。
ぼくが死んでも、そうなると思うと、なんだかうれしい。

数年前に、ぼくは68歳を強く意識したことがありました。
それは、父がこの世からいなくなったのが、
68歳という年齢だったからです。
いずれ、じぶんがその年齢に近づいたときに、
強くその68という数字を意識するだろうなぁと、
先のこととして想像していたのでした。
そしたら、実際には、さして考えることもなく、
とっくに68歳になっていました。

「死ぬことがあり得る」というようなことを、
先のこととして考えておこうとは思っていましたが、
とうとう「親父のあのころの年」になったのかと、

それについてはわりと具体的に感じられました。
そしてさらに思ったのは、あのころの父親に比べて、
ぼくにはどうもやりかけのことが多すぎる。
67歳とかのころの父は、もっと少なく働いていました。

食事もうまいし、あれこれやりたいことはあるし、
こういう状態のままで、いつまで過ごすのか。
いちおう、１０００年生きたいという宣言はしていましたが、
たぶん、それは叶わぬ夢だと思われます。
スーパーマンでないぼくのようなものが、
年をとってからをどうおもしろく生きていくのか、
これも、ひとつの「コンテンツ」として考えたいですね。

坊さんはお経を。料理人はレシピを。町の人びとは歌を。

Monks have chants. Cooks have recipes. Townsfolk have songs.

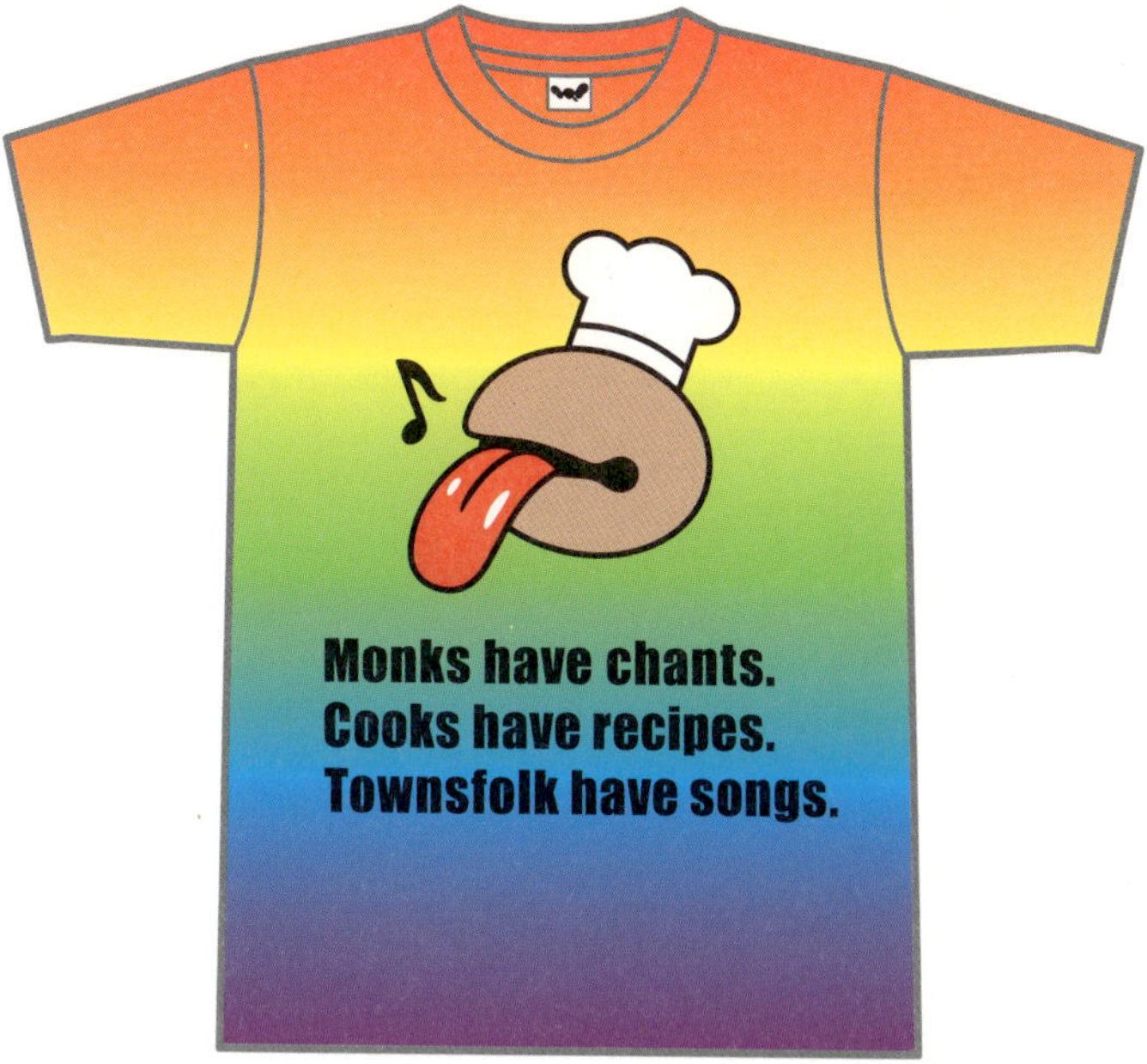

デザイン＝秋山具義

昨日、ぼくは、はじめて思った。
「今日のこの天気が、ぼくの理想かもしれない」と。
気温を調べたわけでもないけれど、ちょうどいい。
半袖のTシャツで歩いてもいいし、
そこに軽めのジャケットを羽織ってもいい。
暖かいのだけれど汗をかかないのは、
ずっと、ゆるやかな風が通っているからだ。
雲が少し空に見える、空は青いけれど眩しくない。
天気がいいとかわるいとか、よく感じていることだけど、
「いまの、この天気がいい」と思ったことはなかった。
たまたま知人と歩いていたものだから、
「この天気が、おれの理想かもしれない」と言えた。
暖かくて乾いていて軽く風が吹いていて。
昨日の、つまり、2017年6月14日の
東京の天気のことは憶えておこう。

目覚ましをかけずに眠るのって、うれしいことだ。
ちなみに、いつもの目覚ましミュージックは、
最初が「さらばシベリア鉄道」、
その3分後が「カナリア諸島にて」、
さらにその3分後が「ドライビング・ギター」、
あるいは「ノー・ノー・ボーイ」なのだ。

人はみんな変人だと、だれかが言ったっけ。
そういうものかもしれないなぁ、と思う。
自慢じゃないけど、ぼくは変人じゃない。
平凡を重ねて生きてきたつもりだ。
そりゃぁ若気の至りで、ヘンを気取ったこともあるさ。
人とちがってナンボという世界も知らないわけじゃない。
だけど、だんだんと、ふつうの強さを知るようになる。
いっそふつうを極めてみたいものだ、と思うことになる。
ただ、ふつうのつもりでいても、
どうしても滲み出てしまうナニカというものがあるのよ。

65歳までなら、だいたいのことは50代とほとんど変わりません。
65のあとは、なんだか工夫が要る感じです（個人的な経験ですが）。

日本の祝日のなかに「こどもの日」があるのは、
とてもいいことだなぁと思っている。

ぼくが、何十回も「こどもの日」を過ごしてきて、
じぶんなりにそのつど考えてきたことを、
じぶんなりにまとめて言うと、こうなる。

「こどもの日に大人がするべきことは、
じぶんがこどもだったときの切なさを思いだすこと」だ。

かわいがられて育とうが、
虐げられたり無視されたりして成長しようが、
力のないこどもは、みんな切なかったはずだ。
それを、この日に思い出そうじゃないか、と。
あらゆるこどもより、大人のほうが幸せになりやすい。

ぼくは、これまでさまざまなことをやってきましたが、
本気でなにかをやろうとしているときに、家人に
反対されたり邪魔をされたりしたことがありません。
ことさらに意見を言うというわけでもなく、
支えるからがんばってと言われた覚えもなく、
ただただ勝手にさせてもらってきました。
それは、逆にぼくがだれかの応援をするときの姿勢にも、
おおいに応用されています。

「酔う」ことは、とても気持ちがよくて、
「酔う」ために生きている人だっている。
それは、酒を飲まなくても実現する。

たとえば、恋をしている人は、少し酔っている。
少しでなく恋に酔うという場合も、いくらでもある。
じぶんの得意なことをやりとげたなんてときにも、
その成功に酔っていることがある。
じぶんが認められているとか、
すばらしいとか立派だとか思われているときには、
どうしても酔っぱらいやすい。

じぶんがいいことをしている、正しいことを言ってる、
と思っているときにも、酔いは回っているものだ。
気持ちがよくて、ずっとそうしていたくて、
踊りたくなったり拳を振りまわしたりもしたくなる。

酔うな、ということは言えない、たのしいことだから。
しかし、酒にでなくとも、酔っている場面では、
大事な判断やら発言やら、危なっかしい行動は、
ひかえたほうがいいと思うのだ。
でも、酔ってる人ほど
「おれは酔ってない」と言うんだね。

ぼくは、基本的に、どこの部にも属してなくて、
そのわりには、いろんな部活の部屋にたむろしてました。
どこのメンバーでもないくせに、
だいたいの部に友人がいて、それぞれに遊んでいました。
部活と関係なくいわゆる不良にも友だちがいて、
どういうわけか、けっこうワルな連中とも、
ワルじゃない部分でつきあっていたものでした。
どうしても、性格的になのかなぁ、
ひと色の種族で集まっているのが、つまらないんですね。
美意識も趣味も、いろいろあるものじゃないですか。

こっち側から見たら、あっち側がださく見えるし、
また別の方面からしたら、どっちもかっこわるいとかね。
ほんとにまったくちがったりするんだけど、
それぞれ、よく知ると納得できるところがあるんです。
あえて言えば、ある種の倫理観さえあれば、
趣味嗜好なんて、どれでもいいって気がします。
こういう性格のぼくからすると、なにかにつけて
他人のことを「わぁ、信じられない」と言いたがる人は、
世間を狭くしてて気の毒だなぁという感じです。

「老眼鏡」という言い方は、いかにも老人くさいから、
もっといいネーミングはないかと何度も訊かれたが、
ことばだけでごまかしても、どうにもならないとも思う。

じぶんの目で見たことはないが、
13年とか、17年の周期で発生する「素数ゼミ」
というやつがいるらしい。
素数も、たしかに不思議だけれど、その前に、
そいつら、ものすごい長生きじゃないか！

一切、間を置くことなく、考えるまでもないという速さで
言わねばならないことがある。
たとえば、「わたしをほんとうに愛してる?」と
質問されたとき、すぐに答えないでいてはいけない。
「わたしをほんとうに愛してる?」
・・・・・
・・　・・・「愛してるよ」。
この、たとえば5秒間というのは、あってはならない。

将来の義父になるはずの人が、
「娘を幸せにしてくれますか?」と訊いたときなども、
・・　・・・・・
・・・・・・「はいっ」
と、こういう間が空くのは、とてもいけないだろう。
この世の中には、
質問のなかに「(即座に)はい」という答えが、
すでに組み込まれているものがあるのだ。

風邪は、ほとんどすべての善き習慣を中断させる。

（イトイーン・シゲサトーン）

もち米をふかす、
つく、まるめる。
そして、もちかえる。

もち、もち、もち、もち！

同じ食べものが好きだという人に会うと、
なんだかとてもうれしい。
うまいなぁと思うものが一致しているというのは、
なんか同じ焚き火を囲んでいるような気がする。
いっしょにものを食べている人がいるときには、
その相手の「おいしい」という感覚も、
じぶんの「おいしい」に含まれているんじゃないかな。
近くにいる人が「おいしい」と感じていることで、
じぶんの同じ食べものが、ぐっとおいしくなるんだよね。

車窓からながめる景色のように、
西瓜が桃が梨が後へ飛び去っていきます。
やがて、柿が、栗がびゅんと飛んでいくでしょう。
前にある果実は、やがて後に消え去っていく果実です。

昨日食べた「カラマリフリット」が、おいしかったなぁ。
こんなふうに翌日まで思いだすくらいおいしいと思ったのです。
国連大学のところの地下の「アンカフェ」でしたが、
今日もあるかどうかは知りません。

大阪で食べた「するめの天ぷら」もおいしかったなぁ。
イカの揚げたものが、ぼくは好きなんだな、きっと。

「カラマリフリット」がおいしかった
と書いたツイートを家人が見つけ、
「そんなにおいしかったんだ！」とつくづく感心していた。
そうだよ、ほんとにおいしかったんだよ。いまでも食べたいよ。

今日も、おれは言う。
「カラマリフリット」（つまり、イカのから揚げ）
うまかったなー。

なかなか画期的な企画であった。
国連大学前広場ですね。あの下のアンカフェで
「カラマリフリット」を食べましょう。

カラマリフリット、ほんと、好きだなー。

「いも天」というのは、さつまいもの食べ方のなかでもいちばんなんじゃないかな。塩でよし、天つゆでよし、大根おろしにしょうゆでよし、なんならウスターソースでもいけるし、いっそもうなんにもつけなくてもうまい。

◇

煮込みうどんか、ふぐぞうすいが食べたくなってしまった。こんな時間に、こんなものを食べたくなってしまったわたしをお許しください。

……………あれから、約30分経過した。まだ、食べたい。煮込みうどんか、ふぐぞうすい。

◇

数日、とんかつを食べないと、「そろそろとんかつでもいいかな」と思いはじめる。こんな人間じゃなかったのに。

◇

予定した夜の食事が中止になったので、いっそのことと、電車を乗り継いでとんかつやに行った。長いアーケードのにぎわいと、とんかつのおいしさ。これだけで、また来たい街になるんだよね、武蔵小山。

◇

とんかつというものは、人のなんとなくのさみしさみたいなものを、忘れさせてくれるね。ステーキよりも、その効果はあると思う。たいていの人が自己決済できる金額だということも、関係あるような気がする。

◇

28日にとんかつを食べる予定があるのだけれど、昨日、それを知りつつ別のとんかつを攻めた。ぼくは、いま、謎にとんかつの季節を生きている。むろん、コロッケも伴走してくれている、いいこだ。

◇

おうどん……ひびきがいいんだよね。おそばより、おうどんだね、音のひびき的には。

◇

焼いたもちにしょうゆつけて、急いで海苔まいて、立ったまま食べたい。しょうゆバターもいい。さとうじょうゆもいい。いまはがまんする。明日、朝食べようかと思う。なんならラップして弁当をもちにしてもいい。だめだ。まだ食いたい。もち。まいったなぁ。

◇

それはそうと、煮魚の王様といえば「の

どぐろ」だと思うのだが、女王は「きんき（キチジ）」だろうな。王と女王とを逆にしてもかまわない。

◇

先日発表した「カリカリベーコン入り卵かけごはん」に続いて、天の啓示を受け「かきフライサンドイッチ」を思いつく。

◇

食べたい食べたいと思って食べるシュークリームよりも、そう思ってないのに食べておいしかったシュークリームのほうが「とんでもなくおいしい」ということがある。

◇

「うなぎの蒲焼あられ」どんな味だと思う？　おれは食べたから、もう知ってる。

◇

もんじゃ食べにいって、もんじゃだけ食べてくるという人はなかなかいない。お好み焼きとか、焼きそばとかをまぜちゃうからね。でも、ぼくらはもんじゃもんじゃもんじゃもんじゃともんじゃだけで攻めたんだ。おいちかったです。

◇

おしるこの風呂につかりたい。

◇

キス、メゴチ、ハゼ。ぜんぶおいしいけれど、天ぷらという料理法がなかったら、たぶん食べてなかったろうな。

◇

ごはんかパンかパスタかという主食の選択肢に、「たまごやき」を入れてはどうだろうかと思っている。朝食は「だし巻き玉子」とかって、わるくないんじゃないかなー。

◇

堂々とした由緒正しいハムよりよくわからない薄いハムのほうが、正々堂々のバターより業務用のマーガリンのほうが、食べたいということはいくらでもあるんだよ。

◇

じぶんが演じるんだったら「桜餅マン」とか、「どら焼きマン」「大福マン」のあたりから選びたいな。

◇

ほんとにおいしいときって、いったん、まずそうな顔になるのよ。ならない？

◇

おいしいといいなぁ。いや、ぼく好みのおいしさだといいなぁ。

みんな孤独で、みんな元気で、みんなたのしそう。
これが、いちばんいいんじゃないかという気もする。

人は、ほんとは、いくらでも言えるし、書けるのだ。
それがどうしてなのか、ぼくにはうまく説明できない。
でも、実際に、みんなが表現しているではないか。
うまいか、へたか、馴れているか、不馴れか、
そういうちがいもあるだろうし、
表現の分量の多い人や少ない人もいるのはわかる。
だけど、人は、歩けるのと同じように、表現できる。

つらい思いを、すこし忘れること。
多すぎる問題を、すこしずつ少なくできること。
もっと考えるべきことを、新たに見つけること。
ちょっとましな兆しに目が行くこと。
真剣だけれど深刻すぎない気持ちが生まれること。
笑ったり、たのしんだりを取りもどせること。
こういうことは、すべて
「時間というクスリ」の効き目だとも言える。

誰かが知っていてくれて、
しかも理解してもらえたり、応援してもらえたら、
思ってる以上の力が発揮できる。
そしてもうひとつ、
「知られていること」は、
「守られること」でもあるとも思う。
知る、親しくなる、守りあえる、生きやすくなる。

命がひとつしかないということや、
人生があんまり長いものじゃないということを、
つくづく感じているときというのがあって、
そういうときには、本気で、
「やりたいことをやって生きよう」と、
じぶんにも言い聞かせたくなるのです。
おそらく、大事な人と別れることになるたびに、
それを決意するようになるのだという気がします。

多くの似たような他人と比べて、横ばかり見ている。
じぶんはまちがってないのか、たしかめてばかりいる。
人になにか言われそうなことは、しないようにしている。
失敗の可能性のあることは、避けている。
目立ってはいけないと感じて、静かにしている。
空気を変えるのが怖くて、じっとがまんをしている。

……そういうこと、だれでもがしていると思います。
それは、とくに悪いことではないのでしょう。
ただ、これから生きる時間に限りがあるとしたら、
「やりたいことをやらない」でいるというのは、
ものすごくもったいないことをしてると思いませんか。

人間は何度もくりかえして生きたりはできません。
それほどたくさんの時間を配られちゃいないのです。
わりと早めに死んじゃったりするのです。
ぼくは、じぶんにそのことを言い聞かせます。
そして、ぼくのともだちにも、そう伝えたいです。
「やりたいことをやっておこうよ」と。
やりたくてもやれなくなっちゃった人には、
もうそれも言ってやれませんから。

じぶんのようなふざけた人間が言うのもあれだけど、
ぼくはまじめな人が好きだなぁ。
人はまちがうし、よくないこともするけれど、
「こういう人でありたい」というところに、
その人の倫理があると思うんだよね。
ダメなりに、そのちょっと高い理想に
近づこうとしている人がいいなぁ。
で、意外にも多いよ、そういういい人って。

尊敬の敬、敬愛の敬、失敬の敬、敬して遠ざけるの敬。
敬の意味は「うやまう」ということなのですが、
もっとセリフのように言ってしまえば、
「いてくれてよかった」ということかなぁ。
小さなものであれ、とるにたらぬものであれ、
卑しいものであれ、敵であれ、敬することはできます。
人や生きものだけでなく、森羅万象のすべてに対して、
憎むにせよ、愛するにせよ、さらには別れるにせよ、
競うにせよ、戦うにせよ、さらには殺すにせよ、
おおもとのところに「敬う」があったら、
それはなによりも理想的な世界なのではないか。
「敬う」があるから、感謝があるし、希望がある。
なにもかもすべての源とは、「敬する」ことではないか。

思ったことが積み重なったりじゃましあったり、
複雑に化学変化したりをくりかえして、
いまのじぶんの思いになっている。
そういうことが、すべてじぶんのこころのなかにある。
荒れていても、肥沃でも、貧相でも、じぶんの土地だ。
そこからしか、ことばは育つわけがないのだ。
じぶんのこころでない場所から借りてきたことばは、
美しく見えようが、かっこよく見えようが、だめだ。
ぼくが、毎日のように書いている文章のほとんどは、
なにかの思いが言わせているものだ。
いや、そういうふうにありたいと思って書いている。

「それがとても好きなのか」と問われて、
「いやそうでもないよ」と答えているようなものが、
好きなものなのかもしれない。

ぼくらが見ているのは、未来だったんだ。
いま、この目の前の未来に、
タイピングされた文字が、ひとつひとつ増えている。
少し前にタイピングした文字は、
過去の記録になって、読み返すことができるけれど。
そして、いまからの未来で、
ぼくはなにをすることもできる。たとえば、
ここまで書いた文字を、すべて消してしまうことも。
そして、あらたに別の文を書くこともできるし、
前に書いたことを思い出して同じ文を書いてもいい。
過去は、修正できても、消し去ることはできない。
ぼくらがなにかすることができるのは、未来にだけ。
いまからとても近い未来、ぼくはバスルームに向かう。

驚くなかれ。
いついかなる時でも、
わたしたちは、
未来に向かっている。

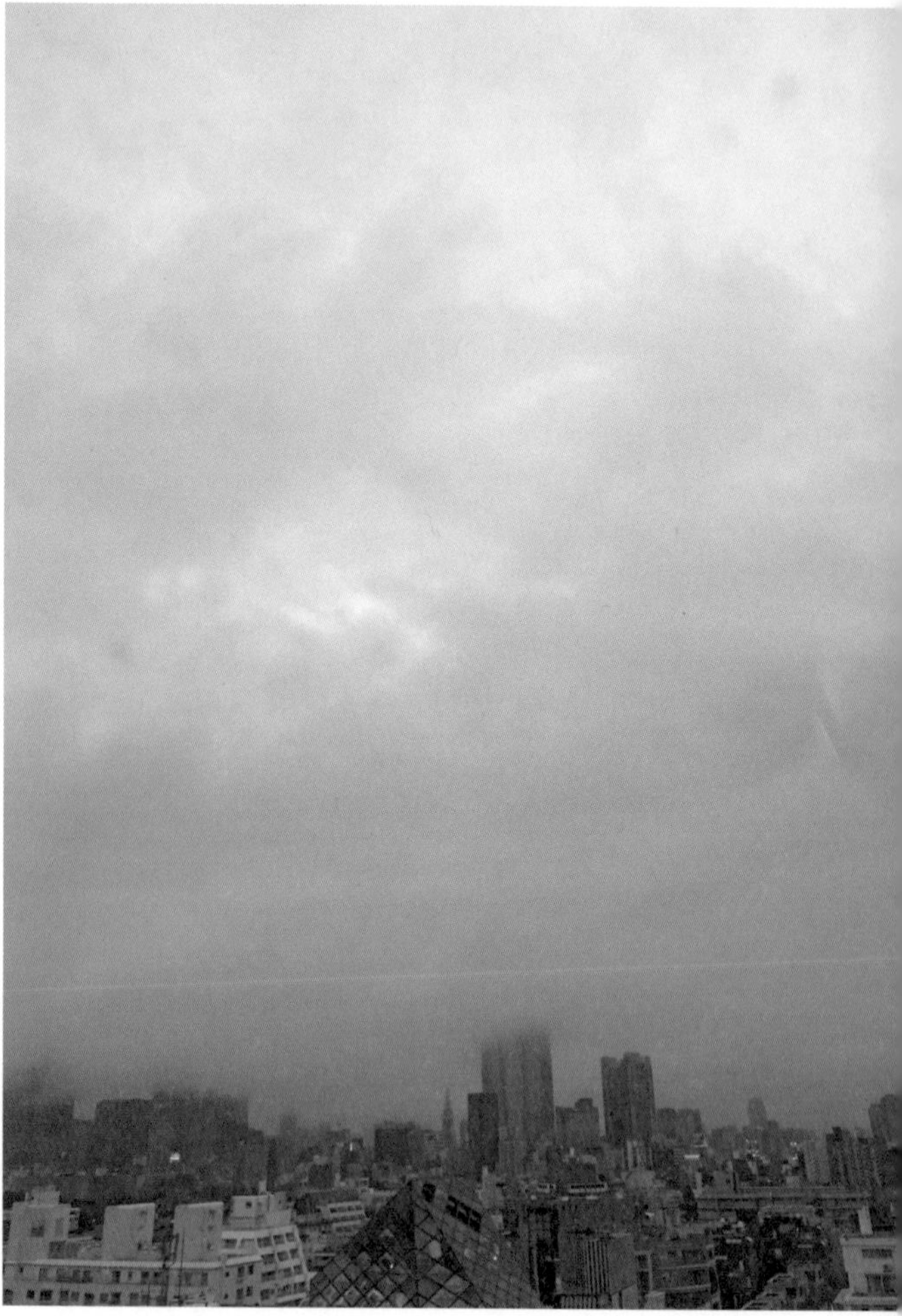

街がはんぶん
雲のなかにいるみたいだ。

わ、いまの時間の
月と星、いいね。

けっこう、「いいこと」ってあるものだ。
そう思うことがある。
あんがい、よくある。

そういうことを言えるのは、
あんたがめぐまれているからだ、
と言われることもよくある。
そうかもしれない、そして、
そうだよな、そうだよとも思う。

ただ、ほんとうに、
けっこう、「いいこと」ってあるものだ。
他人のいいことの手伝いをしたり、
なにもなさそうなときによく寝たりしてると、
ひょいっと「いいこと」があらわれる。

ささいなことでもかまわない。
こりゃぁいいな、とか思っていると、
その「いいな」の「いい」のあたりに、
「いいこと」が乗っかってくることもある。

気やすめを言われて、
「そうだといいね」なんて答えていると、
その「いいね」の「いい」のあたりに、
「いいこと」が吸いこまれてくる。

「いい」のほうを見てると、
ほんとに「いいこと」って、あるものなのだ。
いのちが尽きそうな犬だって、
「いいこと」のほうを見ている。
どうせ、もうダメなんだ、じゃなくてね。

生きるように、生きるように、
生きもののからだはできているのだから、
それだけで、たいした「いいこと」だ。

ろくでもない日も、せつない日も、あるよ。
そんなことは、十分にしょうちしてるよ。
だけど、けっこう「いいこと」って、
ほんとにけっこうあるものだ。

コンビニで売っていた花火のセットは、
まったくのこども用だった。
色とりどりの袋に小分けされて、
思わせぶりな名前とキャッチフレーズがあるけれど、
小さな火花の噴水がしゅーっと噴き出すものばかりだ。
「五山の送り火」もすっかり消えて、
見物客がそれぞれの家に帰ったころに、
うちの狭い庭で、花火ははじまった。
隣り近所の迷惑を考えて、音もしないし、飛びもしない、
安全でおとなしい花火ばかり、で、すぐに飽きた。

そういうなかで、線香花火だけは、やりがいがあった。
これには、強弱と、変化と、珍しさの要素がぜんぶある。
「線香花火といえば……」家人がつぶやいた。
「ここでふたりだけでやったの、嫌だったなぁ」と。
え、そんなに嫌だったのか、おれはそうでもなかったぞ。
「線香花火は、大人ふたりでやるのは、さみしすぎる」。
そのときには、そうは言ってなかったじゃないか。
たしかに、つまらなそうにはしてたけど。

今日もまた天気をちょうどよくしちまったぜ。

孤独は、すべての人にとっての前提なのであるから、
だれかは孤独じゃなくてだれかは孤独ということはない。

この言い方は、「人はだれでも死にます」に似ている。
だれか、死なない人がいるわけではない、みんな死ぬ。
これは、冷たい言い方でもなんでもなく、
おぼえておいたほうがいいことである。

さみしいか、と問われて、
さみしくないと答えられるときもある。
さみしいを忘れているようなときには、
さみしくないと言える。
だが、ずっとさみしくないなんてことはない。
ひとりが好きだということと、それは別のことだ。

人の孤独は前提で、その孤独な人が、

別の孤独な人たちと手をつなぎたいと感じている。
手をつないだら、もっと生きやすくなるから。
手をつなぐことで、この手を持つじぶんが、
いてもいいんだと思えるから。

「ほぼ日」をはじめてすこし経ってから、
Only is not Lonely. と書き出した。
コンピューターの画面にひとりで向かっているとき、
別のどこかにじぶんと同じ姿のひとりが見つかる。
いいな、それは、ネットってそういうところがいいな、
と、とてもうれしい気持ちになって、書いたものだ。

さみしいか、あなた。
さみしいか、ぼく。
それでいい、ぼくら。

ぼくが、いま言ってることは、
ものすごくありふれた、平凡なことだと思います。
ただ、ほんとにそうなんだよと、
こころから思うことなので、
そのまま言うしかないなぁと、そのまま言ってます。

書きかけのままみたいになりましたが、　また、　いつかね。

手を振るというのは、じぶん以外のだれかが、
目に見える距離にいるということだ。
そこに、そのだれかがいることが、うれしいのだ。
出会いであれ、別れであれ、
あなたがいることがうれしい、と表している。

ぼくは犬がしっぽをぱたぱた振るのが大好きなのだが、
人間は、しっぽのかわりに手を振るのだなと思ったよ。

いま、笑顔と目が合った。

（文章で手を振ってみましょう、読んでくれている人に。）

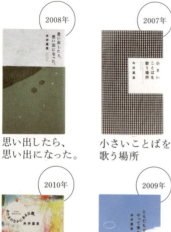

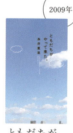

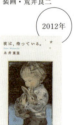

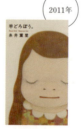

「小さいことば」シリーズ既刊のお知らせ。

2014年

ぼくの好きな
コロッケ。

カバーデザイン・横尾忠則

2013年

ぽてんしゃる。

装画・ほしよりこ

2016年

抱きしめられたい。

ニット制作・三國万里子
写真・刑部信人

2015年

忘れてきた花束。

装画・ミロコマチコ

2017年

思えば、
孤独は美しい。

装画・ヒグチユウコ

HOBONICHI BUNKO
ほぼ日文庫

「小さいことば」シリーズから生まれた文庫本。

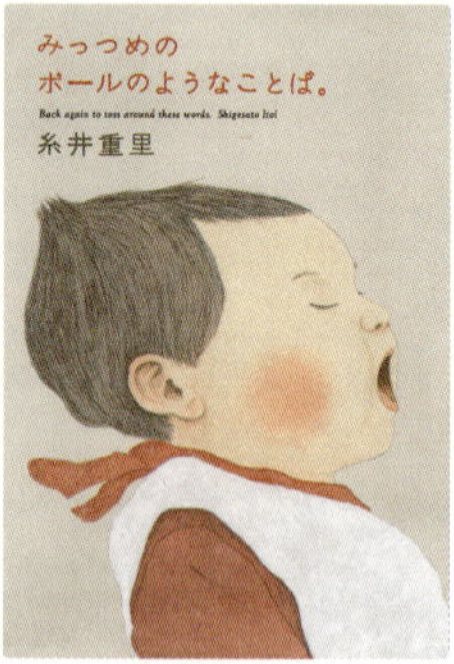

みっつめの
ボールのようなことば。

装画・松本大洋

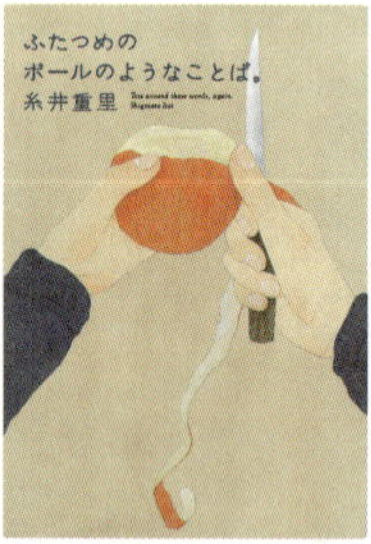

ふたつめの
ボールのような
ことば。

装画・松本大洋

ボールのような
ことば。

装画・松本大洋

他人だったのに。

二〇一八年十二月一日　第一刷発行

著者　糸井重里

構成・編集　永田泰大
ブックデザイン　清水　肇（prigraphics）
進行　茂木直子
印刷進行　藤井崇宏、石津真保（凸版印刷株式会社）

協力　斉藤里香

発行所　株式会社　ほぼ日
〒107-0061　東京都港区北青山2-9-5　スタジアムプレイス青山9階
ほぼ日刊イトイ新聞　https://www.1101.com/

印刷　凸版印刷株式会社